# CHOISIE

LIÉ PAR LE SANG LIVRE 1

# ÉGALEMENT PAR RICHARD FIERCE

## CHEVAUCHEURS DE DRAGONS D'OSNEN

*Le Prix de L'Honneur*

*Épreuves par Sorcellerie*

*Une union par les Flammes*

*L'appel du guerrier*

*La Pièce des Âmes*

*Ailes de Terreur*

*Yeux de Pierre*

*Crocs et Griffes*

*La Servante des Âmes*

*Fumée et Ombre*

*Le Cavalier Sombre*

*Le Chant des Ossements*

*Épée et Couronne*

*Marées des Ténèbres*

*Colère et Ruine*

*Tombeau des Serments*

# CHOISIE

LIÉ PAR LE SANG LIVRE 1

RICHARD FIERCE

# Droit d'auteur



©2024 Richard Fierce, pour le texte
©2025 Richard Fierce, pour la traduction français
Titre original: Chosen
ISBN: 979-8-89631-068-6

Dragonfire Press

SHAOING
SHINRAHA MOUNTAINS
TATENAGAWA
IKJE
DANGJU
ZHENCHENG
WONCHEOK
JINSEONG
TAEPO
KIMCHON
GANGCHEOK
POSONG
LEGEND
CAPITAL
SHRINE
CITY
MOUNTAINS

# 1

Kai Lin allait rencontrer son dragon.

Choisie alors qu'elle était encore dans le ventre de sa mère, elle avait longtemps anticipé ce moment, tout en le redoutant. Cela aurait dû être un jour excitant, et bien qu'elle éprouvât de nombreuses émotions, l'allégresse n'en faisait pas partie. Elle essuya ses paumes moites sur sa robe.

— Ne t'agite pas, lui dit doucement Sho, son père.

— Je ne peux pas m'en empêcher, répondit Kai.

— Laisse cette enfant tranquille, intervint sa mère. Elle a parfaitement le droit d'être nerveuse. C'est un jour important.

— Je le sais bien, Ryoko, mais nous ne sommes même pas encore entrés dans la ville.

Kai regarda par la fenêtre du chariot et observa le paysage défiler. Sa mère avait raison, elle était nerveuse. Elle s'apprêtait à abandonner tout ce qu'elle avait jamais connu pour un avenir d'incertitude et de guerre sans fin. Elle ne comprenait pas pourquoi hommes et femmes étaient forcés d'être Choisis. Si cela n'avait tenu qu'à elle, elle aurait emprunté un chemin bien différent, moins chargé de danger.

Elle inspira brusquement et grimaça lorsqu'une lance de douleur traversa l'arrière de son crâne. Serrant la mâchoire, elle fixa son attention sur les motifs tourbillonnants cousus sur sa robe et attendit que la souffrance s'estompe.

— Ce sont tes maux de tête ? demanda Ryoko.

Kai hocha légèrement la tête, craignant d'aggraver la douleur.

Sa mère regarda son père. — Ils deviennent plus fréquents.

— Cela doit avoir un rapport avec la cérémonie, répondit Sho, bien que Kai pût deviner à son ton qu'il ne faisait que supposer.

Les maux de tête avaient été rares quand elle était plus jeune, mais à mesure qu'elle grandissait, ils la tourmentaient de plus en plus. Maintenant qu'ils se dirigeaient vers Ikje pour la cérémonie, les élancements douloureux survenaient presque à intervalles réguliers. L'agonie s'estompa, et Kai desserra sa mâchoire.

— Ça semble une bien piètre récompense pour avoir été Choisie, dit-elle faiblement.

Ses parents échangèrent un regard, mais aucun ne la réprimanda. S'ils avaient été en public, elle savait qu'ils auraient fait mine de la réprimander. Être Choisie était un grand honneur, et quiconque prétendait le contraire était considéré comme un traître.

Le reste du voyage se déroula sans incident, hormis le flot régulier de hoquets de douleur de Kai lorsque les maux de tête la submergeaient. Elle n'avait jamais souhaité mourir auparavant, mais maintenant, il était tentant d'espérer le soulagement que cela offrirait.

Les murs d'Ikje apparurent, et Kai s'émerveilla du nombre de personnes venues assister à la cérémonie. Roturiers comme nobles se pressaient aux portes, impatients d'entrer.

— Nous y sommes, annonça son père.

Malgré son anxiété, Kai était curieuse de voir les autres Choisis. Étaient-ils des nobles comme elle, ou des roturiers ? Ou y avait-il un mélange ? Elle le découvrirait bientôt. Le chariot franchit une porte fortifiée, et des gardes alignés le long de la rue pavée tenaient les curieux à distance. C'était l'un des aspects qu'elle détestait en tant que Choisie. Elle n'était pas traitée comme tout le monde. Au contraire, elle avait été maintenue dans l'isolement.

Dire que son enfance avait été laborieuse était un euphémisme. Elle n'avait jamais reçu de poupées ni d'autres jouets, n'avait jamais joué avec d'autres enfants. Quand elle posait des questions à ce sujet, ses parents lui répondaient seulement qu'être Choisie n'était pas seulement un honneur, mais aussi un sacrifice. Elle n'avait jamais compris cette réponse alors, mais elle la comprenait maintenant.

Le chariot s'arrêta, et la porte s'ouvrit pour révéler un soldat en armure de cuir. La visière de son casque était relevée, et ses yeux bruns balayèrent l'intérieur pour se poser sur elle. Il était mince mais musclé et avait une attitude stoïque.

— Choisie, la salua-t-il. Je m'appelle Liu Wei, et j'ai été désigné comme votre garde personnel. Veuillez me suivre.

Kai se leva et regarda sa mère pour chercher son approbation. Ryoko lui sourit, bien que ses yeux fussent pleins de larmes menaçant de déborder et de couler sur ses joues.

— Tout ira bien, dit-elle en se levant pour l'embrasser.

Ces mots sonnaient creux aux oreilles de Kai, mais elle savait que sa mère était bien intentionnée. L'espérance de vie de la plupart des Choisis n'était pas très longue, mais c'était prévisible quand leur tâche consistait à protéger le royaume contre l'incursion des Drakka.

Elle avait fait de nombreux cauchemars sur ces terribles créatures, certains si vivides qu'elle se demandait si ces rêves n'étaient pas en réalité des visions. Le garde s'éclaircit la gorge, et Kai se jeta dans les bras de sa mère pour l'étreindre fermement. Elle serra ensuite son père dans ses bras, puis elle sortit du carrosse pour entrer dans un monde entièrement nouveau.

Liu lui offrit un sourire amical et se retourna, la conduisant à travers une vaste cour en direction du château. Celui-ci dominait la ville d'Ikje comme une sentinelle, et au-dessus volait un groupe d'Assermentés. Kai retint son souffle à la vue des puissants dragons planant dans le ciel. Ceux qui chevauchaient sur leur dos étaient trop petits pour être vus clairement, mais elle savait qu'ils étaient là car leur armure scintillait sous le soleil.

Kai marchait aussi vite que ses jambes courtes le lui permettaient, mais Liu la distançait. Il jeta un regard en arrière et ralentit son allure.

— Mes excuses, dit-il. J'ai tendance à marcher vite.

Kai sourit timidement, mais elle ne comprenait pas pourquoi il s'excusait. Bien qu'elle fût née dans une famille noble, en tant qu'homme de l'empereur, il la surclassait probablement. Ils atteignirent deux portes massives et, sur l'ordre de Liu, une escouade de gardes s'empressa de les ouvrir.

À travers l'entrée, elle vit une longue salle au plafond voûté. Des globes de lumière blanche étaient espacés tous les deux mètres et flottaient dans les airs de leur propre volonté. Les yeux de Kai s'écarquillèrent. Elle avait déjà vu de la magie auparavant, mais ceci était bien plus grandiose. Elle regarda par-dessus son épaule, mais le chariot de ses parents avait disparu.

Son cœur battait dans sa poitrine alors que la panique commençait à l'envahir, mais elle prit une profonde inspiration et se rappela qu'elle reverrait ses parents lors de la Cérémonie des Serments. Kai suivit Liu à l'intérieur, et les portes se refermèrent derrière eux. Elle examina la salle. Les murs étaient dépourvus de décorations, ce qu'elle trouva étrange jusqu'à ce qu'elle réalise que cette zone faisait partie des casernes.

— Où allons-nous ? demanda-t-elle.

— À vos quartiers personnels.

— J'ai ma propre chambre ?

— Non. Tous les Choisis ont été assignés à la même pièce, mais chacun aura son propre lit. Je suppose qu'après la cérémonie, vous serez transférés à Dangju pour l'entraînement.

— Je pensais que nous devions nous entraîner ici ?

— Normalement, ce serait le cas, répondit Liu en tournant à droite pour la conduire dans un nouveau couloir. Nous avons reçu des rapports indiquant qu'une grande force de Drakka a été aperçue dans la région, et le général estime qu'il serait plus sûr de vous faire entraîner ailleurs au cas où ils attaqueraient le château.

Kai fronça les sourcils. Les Drakka n'avaient jamais attaqué Ikje auparavant. Entre les soldats de l'empereur et les Assermentés, la ville était trop bien protégée. Elle inspira brusquement et s'appuya contre le mur, fermant les yeux sous l'effet d'un nouveau mal de tête.

— Tout va bien ?

— Ça ira, chuchota-t-elle en réponse. Une fois la douleur atténuée, elle ouvrit les yeux pour voir Liu la fixer avec inquiétude. Elle se releva du mur et chancela, mais Liu la rattrapa. Il posa une main sur son front. Son toucher était étonnamment doux, et Kai sentit une vague de chaleur se répandre dans son corps.

— J'ai des maux de tête, expliqua-t-elle. Ils peuvent être assez handicapants.

— Nous y sommes presque, dit Liu. Juste un peu plus loin.

Il la soutint avec son bras, et ils avancèrent lentement le long du couloir, s'arrêtant devant une porte en bois sur la droite. Liu l'ouvrit et l'aida à entrer. La chambre était spacieuse, avec plusieurs lits alignés le long des murs. Chaque lit avait un coffre à son pied, et Kai supposa que c'était là qu'elle rangerait ses affaires.

— Vous pouvez prendre le dernier lit, là-bas à gauche.

Kai regarda dans la direction indiquée par Liu et vit une fille qui semblait avoir son âge, allongée sur l'un des lits. Elle portait une cotte de mailles et avait les pieds croisés, ses bottes sales posées sur la couverture blanche et propre qui recouvrait le lit.

— Quand aura lieu la cérémonie ? demanda Kai en regardant Liu. Malgré sa curiosité concernant les autres Choisis, elle ne voulait pas vraiment rester seule avec eux.

— Dans quelques jours. Nous attendons l'arrivée des dragons. Sans eux, nous ne pouvons pas faire grand-chose. Dois-je appeler un médecin ?

— Non, ça va. La douleur va et vient. Il n'y a rien à faire. Mes parents ont tout essayé.

— Je vois. Je vais vous laisser vous reposer, alors.

— Attendez. Que faisons-nous jusqu'à l'arrivée des dragons ?

— Ce que vous voulez, tant que vous restez à l'intérieur du château.

— Sommes-nous prisonniers ? demanda Kai.

— Bien sûr que non. C'est pour votre protection. Si vous souhaitez sortir, je peux organiser une escorte armée pour vous accompagner dans l'enceinte ?

Kai hésita. L'idée d'être libre de faire ce qu'elle voulait lui était étrangère. Finalement, elle secoua la tête.

— Non, merci. Je vais rester à l'intérieur.

— Excellent, dit Liu, et Kai eut l'impression qu'il était soulagé de ne pas avoir à organiser une patrouille pour elle. De la nourriture et de l'eau seront fournies toutes les quelques heures. À moins que vous n'ayez besoin de quelque chose, je vais prendre congé.

Bien qu'elle vienne à peine de rencontrer cet homme, elle le considérait comme un ami et hésitait à le congédier. Elle se rappela qu'elle n'avait pas d'amis, et qu'il n'était qu'un soldat chargé de la protéger.

— Je n'ai besoin de rien, dit-elle.

Il sourit et inclina la tête vers elle, puis quitta la pièce. Kai resta immobile un long moment, se demandant si elle devait s'allonger sur son lit ou explorer le château. La douleur griffa l'intérieur de son crâne, et elle décida que s'allonger était la meilleure option. Elle marcha le long de la rangée de lits, jetant un coup d'œil à la femme en cotte de mailles en passant.

La femme entrouvrit les yeux et soutint son regard, faisant détourner le regard de Kai. Elle grimpa sur son lit et s'allongea, surprise par le confort du matelas.

— Je m'appelle Siran, dit la femme.

Kai releva la tête et la regarda. Elle avait à nouveau fermé les yeux, mais d'une certaine manière, Kai avait l'impression que la femme l'observait.

— Je m'appelle Kai.

— Tu sembles un peu trop douce pour être une Choisie. Tu es une Choisie ?

— En effet.

Siran grogna. Il y eut une longue pause, puis elle dit : — Les autres étaient ici plus tôt, mais ils sont partis explorer le château. Typique des roturiers. Impressionnés par des choses banales.

— Combien d'autres y a-t-il ? demanda Kai.

— Dix, je crois. Je ne les ai pas vraiment comptés. Les serviteurs chuchotaient que nous sommes le plus petit groupe de Choisis qu'ils aient vu depuis des années.

Kai ne savait pas si c'était bon ou mauvais signe, et elle ne posa pas la question. Elle tripota le bord de sa robe, passant le tissu sous ses ongles. C'était un tic nerveux.

— Tu fais trop de bruit, dit Siran.

— Je suis désolée.

— C'était une plaisanterie. En fait, tu es trop silencieuse. Dis quelque chose.

— Tu n'essaies pas de dormir ?

— Non. J'écoute mon dragon.

— Que veux-tu dire ?

— Il réfléchit. Quand il réfléchit, j'écoute. Ça m'aide à mieux le connaître.

Kai garda le silence un moment, débattant intérieurement sur l'opportunité d'exprimer le fond de sa pensée. Décidant qu'elle en avait assez de maintenir une illusion, elle prit la parole.

— Comment est-ce ? D'entendre ton dragon, je veux dire ?

## 2

Siran se redressa et la regarda. — Que veux-tu dire ? Tu n'entends pas ton dragon ?

— Je ne crois pas. Comment saurais-je si je l'entends ?

— Tu le saurais, crois-moi. Qu'entends-tu exactement ? Ce devrait être une voix dans ton esprit.

Kai avait toujours un bourdonnement dans les oreilles, et elle soupçonnait depuis longtemps qu'il était lié à ses maux de tête, bien qu'elle ignorât s'il en était la cause ou un effet secondaire.

— C'est difficile à décrire, mais il y a un bruit constant. Certainement pas une voix.

Siran fronça les sourcils. — C'est étrange. Je suis sûre que Maître Satoshi pourra t'aider.

— *Le* Maître Satoshi ?

— Oui.

Kai n'arrivait pas à y croire. Maître Satoshi était un héros. Il avait sauvé la vie de l'empereur — deux fois — et sa liste de distinctions était longue.

— Tu l'as déjà rencontré ?

— Pas encore, répondit Siran.

— Crois-tu que les légendes à son sujet sont vraies ?

— Je suis sûre qu'elles contiennent une part de vérité, mais comme beaucoup de choses, elles sont probablement exagérées. On raconte qu'il a terrassé une douzaine de Drakka à lui seul. C'est impossible.

Kai avait entendu cette histoire plusieurs fois. Bien qu'elle n'ait jamais vu de Drakka en vrai, elle avait vu des dessins. Si ces créatures ressemblaient ne serait-ce qu'un peu à leurs illustrations, il était impensable qu'un seul homme puisse vaincre tout un groupe.

— En tout cas, d'où viens-tu ?

Kai hésita avant de répondre. On lui avait appris qu'il n'était pas prudent de trop se dévoiler aux étrangers, mais elle décida que, puisqu'elle allait passer son avenir prévisible avec Siran et les autres Élus, cela ne ferait pas de mal de se lier d'amitié avec eux.

— Je viens du sud. Woncheok.

— J'en ai entendu parler. Mais je n'y suis jamais allée. Moi, je viens de Posong.

— Où se trouve-t-il ? demanda Kai.

— À une semaine de voyage au sud-ouest de Woncheok. Il n'y a rien qui vaille la peine d'être vu là-bas. Surtout des terres agricoles.

— Tes parents sont agriculteurs ?

Siran ricana. — Pas du tout. Mon père est Intendant.

— Le mien aussi.

— Dieu merci, je ne suis pas la seule noble ici. Les autres sont tous des roturiers. — Siran fronça les sourcils. — Je ne comprends pas pourquoi on leur permet de se lier à des dragons.

— Ce n'est pas à nous de décider, répondit Kai. Les dragons choisissent leurs cavaliers.

Le silence s'installa entre elles, et Kai ferma les yeux. Le bourdonnement constant était plus fort ici, et la douleur d'une nouvelle migraine approchait. Elle tenta de la repousser, mais celle-ci s'empara rapidement d'elle.

— Est-ce que ça va ? demanda Siran, remarquant son malaise.

— Ça ira, murmura Kai entre ses dents serrées.

— Tu veux de l'eau ou autre chose ? Je devrais appeler ton garde ?

— Non. — Kai soupira de soulagement quand la douleur reflua. — Non, ça va. J'ai parfois des maux de tête.

— Tu devrais consulter un des médecins à ce sujet. Ils peuvent te donner quelque chose contre la douleur.

— J'en ai déjà vu beaucoup. Rien n'aide.

— Tu pourrais être surprise. Je t'accompagne si tu veux ?

Kai fut prise au dépourvu par la gentillesse de la femme. — Je... suppose que ça ne ferait pas de mal d'essayer.

— Suis-moi.

Siran la conduisit hors de la chambre et elles traversèrent les couloirs jusqu'à atteindre une grande salle au plafond élevé. L'air était imprégné de l'odeur pénétrante des herbes et du faible murmure des voix. Kai vit des rangées de lits, certains occupés par des patients dans divers états de santé.

Une médecin au visage doux était assise à une table en bois, broyant des feuilles séchées avec un mortier et un pilon. Elle leva les yeux vers Kai et sourit.

— Je peux t'aider ?

La femme avait un visage façonné par le passage des années, et ses robes blanches bruissaient tandis que ses mains ridées continuaient de broyer. Kai hésita, ne sachant que dire.

— Elle a des maux de tête, répondit Siran à sa place.

— Viens, assieds-toi. — La femme désigna un tabouret à côté d'elle.

— Je t'attends dehors, dit Siran. Tout ça, — elle agita la main autour d'elle, — me met mal à l'aise.

Avant que Kai ne puisse répondre, Siran se retourna et sortit dans le couloir. Prenant une profonde inspiration, Kai s'approcha de la table et s'assit à côté de la femme.

— Parle-moi de ta douleur, dit la femme.

— J'ai des maux de tête, comme elle l'a dit. Je les ai depuis mon enfance. Ils surviennent soudainement, et la douleur est intense. Ces derniers temps, ils se sont aggravés et sont plus fréquents, mais tous les médecins que j'ai consultés ont été incapables de m'aider.

La femme hocha la tête, ses mains travaillant toujours avec le mortier et le pilon, mais ses yeux étaient fixés sur Kai. — Où ressens-tu la douleur ? Est-ce derrière tes yeux ?

— Non, répondit Kai. C'est vers l'arrière de ma tête, presque à la nuque.

— Je vois. Penche-toi plus près. Mes yeux ne sont plus aussi perçants qu'autrefois.

Kai inclina la tête vers la femme. Celle-ci posa son pilon et plaça une main douce sur le front de Kai. Kai sentit une énergie chaleureuse émaner du toucher de la médecin, qui apaisa la légère douleur persistante.

— Toutes les douleurs ne viennent pas de la chair, dit-elle de façon énigmatique.

— Que voulez-vous dire ?

— Il y a une étrange énergie entrelacée en toi.

— Parlez-vous de mon dragon ?

— Non. — La femme n'offrit aucune explication. — Les remèdes pourront t'aider un moment, mais ils ne résoudront pas tes problèmes. Tu dois chercher la source de ta douleur en toi-même et réparer ton ki. Ce n'est qu'alors que tes maux de tête cesseront.

Kai cligna des yeux et fronça les sourcils. La femme aurait aussi bien pu parler une autre langue tant ses propos étaient incompréhensibles.

— Que dois-je faire ?

— Je ne peux pas te donner toutes les réponses. Je t'indique simplement la direction. Le reste, c'est à toi de le faire.

Les paroles ambiguës de la femme n'étaient pas particulièrement utiles, mais

Kai sourit quand même. Faire semblant était quelque chose auquel elle s'était habituée.

— Merci, dit-elle en se levant du tabouret.

— Prends ceci. Cela te procurera un certain soulagement, mais n'utilise-le que lorsque la douleur est insupportable. En consommer trop émoussera tes sens et embrumera ton esprit.

Kai accepta une petite pochette remplie d'herbes avant de retourner dans le couloir. Siran l'y attendait.

— Elle t'a aidée ?

— Je ne suis pas sûre. Elle m'a donné ceci. — Kai montra la pochette et Siran regarda à l'intérieur, plissant le nez.

— Ce genre de choses peut créer une dépendance. Essaie de ne pas l'utiliser si tu n'y es pas obligée.

— C'est ce qu'elle m'a dit, répondit Kai.

Tandis qu'elles marchaient dans le corridor, la lumière des torches vacillait contre les murs de pierre. Kai serrait fermement la pochette d'herbes, son esprit rejouant les paroles de la médecin.

— Elle a dit quelque chose que je ne comprends pas, dit Kai, sa voix résonnant dans le couloir vide.

— Quoi donc ?

— Quelque chose à propos de réparer mon ki. Elle n'était pas très claire.

— Ton ki te lie à ton dragon, entre autres choses. Je n'en sais pas beaucoup plus. Peut-être que Maître Satoshi aura plus de réponses.

Kai espérait que quelqu'un, n'importe qui, aurait des réponses à certaines de ses questions. La plus pressante de toutes : pourquoi ne pouvait-elle pas entendre la voix de son dragon si elle était une Élue ?

# 3

Lorsqu'elles retournèrent à leur chambre, les autres Élus étaient présents. Un chœur de voix emplissait l'air, tous parlant avec excitation.

— Qu'avons-nous manqué ? demanda Siran d'une voix forte.

— Les Assermentés ont capturé l'un des Drakka. Ils le sécurisent pour que nous puissions l'étudier sans danger.

Kai regarda celui qui avait parlé. Il semblait avoir à peu près son âge, bien qu'il fût plus grand d'environ trente centimètres. Ses cheveux sombres tombaient en désordre sur son front, et ses yeux étaient foncés et profonds. Elle devina à son teint hâlé qu'il travaillait dehors, probablement dans les rizières. Il croisa son regard, puis ses yeux la parcoururent de haut en bas.

Un frisson lui parcourut l'échine face à l'intensité de son regard, et Kai détourna les yeux. Il y avait quelque chose chez lui qui la mettait mal à l'aise, bien qu'elle ne puisse pas exactement identifier quoi. Il semblait pourtant normal.

— Je m'appelle Ichiro, dit-il en se présentant. Ravi de te rencontrer, Élue comme moi.

— Je suis Kai.

— As-tu déjà visité les jardins du château ?

— Brièvement. Je viens tout juste d'arriver.

— Je pourrais te faire visiter si tu veux ?

Avant que Kai ne puisse répondre, un autre des Élus les rejoignit, un sourire désarmant fendant ses lèvres.

— Ne fais pas attention à lui. Il cherche juste une excuse pour échapper à l'entraînement.

Ichiro fronça les sourcils. — Ignore Jiro. Il fourre toujours son nez là où il n'a pas à le faire.

Jiro leva les yeux au ciel, mais Kai pouvait voir que l'échange était taquin. La ressemblance entre eux était évidente, et leurs noms rendaient leur lien fraternel flagrant, considérant qu'Ichiro signifiait premier fils.

Tandis que les chamailleries entre Ichiro et Jiro continuaient, Kai se détendit en leur compagnie. La tension qui s'était nichée dans ses épaules depuis son arrivée à la forteresse commença à s'estomper, et elle esquissa même un léger sourire devant leur rivalité fraternelle. Elle décida de mettre ses réserves de côté.

— Tu veux toujours me faire visiter les lieux ? demanda Kai.

— Bien sûr. Partons avant que Jiro ne te convainque qu'il est meilleur guide, plaisanta Ichiro, s'attirant une bourrade joueuse de son frère.

Kai regarda Siran, qui restait silencieuse à ses côtés. — Tu veux venir avec nous ?

Elle pensait que la jeune fille refuserait, et fut surprise quand Siran haussa les épaules.

— Pourquoi pas.

Le groupe s'aventura dans les corridors labyrinthiques du château, croisant des serviteurs affairés et des nobles vaquant à leurs occupations. Ichiro se révéla être un guide érudit, régalant Kai d'histoires sur l'histoire de la forteresse et lui indiquant des recoins cachés où l'on pouvait s'échapper pour un moment de solitude.

Alors qu'ils se promenaient dans un jardin ouvert empli de fleurs odorantes en pleine floraison, Kai remarqua une silhouette se tenant à l'orée du jardin, les observant avec un intérêt intense. La personne était drapée d'ombre, ses traits obscurcis. Le souffle de Kai se bloqua dans sa gorge, sentant une étrange familiarité émaner de cette figure mystérieuse. Avant qu'elle ne puisse réagir, la personne se retourna et disparut dans les ombres, laissant Kai avec une sensation d'inquiétude qui lui picotait la peau.

— Tu as vu ça ? chuchota Kai à Siran, qui secoua la tête.

— Vu quoi ? demanda Ichiro, regardant autour de lui.

— Rien. Laisse tomber.

Ichiro continua la visite, mais Kai ne pouvait se défaire de la sensation d'être observée. Elle percevait de fugaces aperçus de mouvement dans les coins de sa vision et entendait des murmures portés par le vent qui semblaient prononcer son nom. Chaque fois qu'elle se retournait pour enquêter, il n'y avait rien.

Ils atteignirent une partie isolée du jardin, et Ichiro s'arrêta et se tourna vers Kai, une lueur espiègle dans les yeux. — Il y a un passage secret ici qui mène à un point d'observation avec une vue magnifique sur la vallée. Ça te dit d'aller voir ?

Kai hésita. Bien qu'elle sache qu'ils n'étaient pas censés s'aventurer hors du château, elle sentit l'attrait de la rébellion. Elle avait passé toute sa vie à vivre sous le joug de la loi... qu'était-ce qu'une transgression ? En plus, une fois qu'elle serait Assermentée, elle pourrait ne pas vivre assez longtemps pour profiter d'un autre moment comme celui-ci. Elle acquiesça.

Ichiro ouvrit la marche, et ils s'engagèrent dans un passage étroit dissimulé par des vignes envahissantes et des pierres couvertes de mousse. L'air devint plus frais alors qu'ils descendaient sous terre, le faible bruit de l'eau qui s'égouttait résonnant autour d'eux. Le chemin remonta, et ils émergèrent de l'autre côté du mur.

La dense canopée au-dessus projetait des ombres tachetées sur le sol, et le malaise de Kai s'intensifia. L'air semblait s'alourdir à chaque pas qu'ils faisaient. Ichiro continuait de les guider, son pas assuré et confiant. Les arbres s'ouvrirent sur une clairière où un plateau de pierre donnait sur la vallée en contrebas. Ichiro marcha jusqu'au bord du plateau et fit un geste grandiose vers la vallée qui s'étendait devant eux.

— Contemplez les terres que nous protégerons une fois que nous serons Assermentés, proclama-t-il.

Alors que le reste d'entre eux posait le pied sur le plateau, une soudaine bourrasque balaya la clairière, faisant osciller et grincer les arbres. Kai frissonna, sentant un pressentiment l'envahir. La vue de la vallée s'étalait devant eux, et le ciel était baigné de teintes orangées et rouges par le soleil couchant. Kai s'approcha du bord, son cœur battant dans sa poitrine alors qu'elle contemplait le paysage à couper le souffle.

Au loin, elle remarqua quelque chose d'étrange à l'horizon. Un nuage sombre approchait rapidement, enflant et tourbillonnant de manière anormale. La peur lui hérissa la nuque, et elle se tourna vers les autres, les yeux écarquillés.

— Qu'est-ce que c'est ? demanda-t-elle.

L'assurance d'Ichiro vacilla un instant tandis qu'il suivait le regard de Kai vers le nuage menaçant. Son expression devint grave, sa mâchoire se crispant.

— On dirait un orage, répondit-il.

Jiro fit un pas en arrière, son attitude joueuse remplacée par de la nervosité. — Nous devrions rentrer. Maintenant.

Ichiro acquiesça, ne prenant pas la peine de discuter. Ils rebroussèrent chemin à travers le tunnel humide et sombre, et un sentiment d'urgence flottait dans l'air. L'esprit de Kai tourbillonnait de pensées concernant l'orage qui approchait. Quel genre d'orage se déplaçait avec une telle malveillance et une telle vitesse ? Et pourquoi cela l'emplissait-elle d'une peur primale qu'elle ne pouvait chasser ?

En émergeant dans le jardin, ils furent accueillis par une immobilité inquiétante qui contrastait fortement avec le chaos qui se profilait à l'horizon. Les couleurs autrefois vibrantes du crépuscule s'étaient estompées en une palette sombre tandis que des nuages noirs s'amoncelaient au-dessus d'eux, effaçant les derniers vestiges de la lumière du soleil. Un carillon de la tour de cloche rompit le silence, un ton profond et résonnant qui se répercutait dans toute l'enceinte du château.

— Rentrons, dit Siran, son ton plein d'autorité.

Ichiro et Jiro s'élancèrent. Il était évident qu'ils étaient habitués à recevoir des ordres. Kai leva les yeux alors que la pluie commençait à tomber autour d'eux, et elle se dépêcha de rattraper Siran. Ils entrèrent dans la salle principale et Kai remarqua qu'un silence était tombé sur la forteresse.

Les serviteurs se déplaçaient avec un silence pratiqué, leurs pas à peine audibles alors qu'ils vaquaient à leurs tâches. Les nobles se mêlaient et conversaient à voix basse, leurs paroles empreintes de mystère. Un groupe d'Assermentés passa, leurs expressions tendues témoignant du poids de leurs responsabilités.

— Que se passe-t-il ? chuchota Kai.

— Je ne sais pas... mais nous devrions probablement nous préparer au pire.

## 4

L'étrange tempête assiégea Ikje pendant deux jours entiers. Le vent hurlant et la pluie incessante martelèrent la forteresse, faisant s'infiltrer l'eau par les fissures jusqu'à la bibliothèque. Kai et les autres Élus furent contraints d'aider les serviteurs qui s'affairaient frénétiquement à endiguer le flux. Ils épongèrent le sol et déplacèrent les précieux volumes vers des zones plus sûres.

Le paysage à l'extérieur de la forteresse avait subi pire encore. Des arbres centenaires qui avaient résisté à toutes sortes d'intempéries s'enflammèrent sous les coups de foudre, réduits en ruines en un instant. Les rivières gonflèrent et débordèrent, emportant les jeunes pousses de céréales qui peinaient déjà à croître.

Quand elle n'aidait pas les serviteurs, Kai passait son temps à regarder par la fenêtre.

L'obscurité menaçante qui enveloppait Ikje semblait s'infiltrer jusqu'à ses os, l'emplissant d'un profond sentiment de malaise. À mesure que les heures se transformaient en jours, des murmures commencèrent à circuler dans le château : une malédiction s'était abattue sur Ikje, un esprit vengeur avait été libéré pour quelque transgression inconnue. Kai essayait d'écarter ces rumeurs comme de simples superstitions, mais elle ne pouvait se défaire de la sensation d'être observée, d'yeux invisibles suivant chacun de ses mouvements.

Au matin du troisième jour, la tempête s'apaisa. Kai se réveilla au son de quelqu'un frappant bruyamment à la porte de leur chambre. Elle se redressa et regarda autour d'elle d'un air hagard. Les autres Élus étaient plus lents à réagir. Ils étaient aussi épuisés qu'elle, et elle ne les blâmait pas de ne pas vouloir se lever. La porte s'ouvrit brusquement, et Liu entra dans la pièce à grands pas, suivi d'une douzaine d'autres gardes.

— Levez-vous et préparez-vous, dit Liu. Le petit-déjeuner est prêt dans la salle à manger, et une fois que vous aurez mangé, vous viendrez au donjon pour étudier le Drakka.

L'estomac de Kai se noua à l'idée de voir l'une de ces créatures en chair et en os. Les gardes partirent, et les Élus s'habillèrent rapidement pour se rendre à la salle à manger, où un repas simple de riz et de pain les attendait. Kai mangea en silence, l'esprit lourd de pensées. Elle se demandait comment ses parents avaient traversé la tempête. Personne n'était venu lui annoncer qu'il leur était arrivé quelque chose, alors elle supposait qu'ils allaient bien.

Après leur repas, Liu et les autres gardes les conduisirent au donjon. Des torches vacillaient le long des murs de pierre, l'air était moite et chaud. Le son de l'eau qui s'égouttait résonnait dans l'ombre, vestiges de la tempête.

Le donjon était un dédale de tunnels bordés de cellules de prison. Ils continuèrent jusqu'à atteindre un cul-de-sac où une lourde porte en fer bloquait le passage. Liu sortit un trousseau de clés et déverrouilla la porte, puis leur fit signe d'entrer. Kai échangea des regards avec les autres Élus avant de franchir le seuil.

La pièce était bien éclairée par des sphères de lumière blanche qui flottaient au-dessus de leurs têtes. Plusieurs silhouettes en robes bleues bordées d'or s'alignaient le long des murs, leur attention entièrement focalisée sur la forme massive au centre de la pièce.

Enchaînée au sol de pierre se trouvait une créature comme Kai n'en avait jamais vue auparavant.

Elle possédait un corps musclé aux larges épaules, et sa peau d'une teinte verdâtre luisait comme de l'argile humide. Une crinière de cheveux noirs sauvages cascadait dans son dos en vagues emmêlées. Le visage de la créature était un masque grotesque de fureur et de malveillance. Deux longues cornes incurvées saillaient de sa tête, acérées et luisantes comme de l'ébène poli. Des cornes plus petites s'arquaient depuis ses épaules, et son nez était large et plat, avec des narines qui se dilataient à chaque expiration, tandis qu'une large bouche révélait des rangées de crocs jaunâtres et pointus qui semblaient conçus pour déchirer la chair des os.

Ses membres puissants étaient ornés de brassards et d'anneaux cloués de fer. Ses mains griffues, chaque doigt terminé par des serres noires comme la nuit, semblaient capables d'écraser la pierre et de déchirer les armures avec facilité. De ses hanches pendait un pagne en lambeaux, seul semblant de vêtement qu'elle portait.

Kai sentit son souffle se couper en contemplant cette vision. Elle avait entendu des histoires sur les Drakka depuis son enfance — sur leur puissance redoutable et leur insatiable soif de destruction. Se tenir si près de l'un d'eux maintenant lui envoyait une onde de terreur le long de l'échine.

Liu s'avança, sa voix ferme mais empreinte de prudence. — Voici notre ennemi. Ce sont des créatures stupides, mais ce qu'elles manquent en intelligence, elles le compensent par la force brute et la férocité. Notez sa peau verte. L'un d'entre vous peut-il me dire ce que cela signifie ?

— Je peux le dire, répondit Siran. Les Drakka verts ont pouvoir sur la terre.

— Quelqu'un a passé du temps à étudier, dit Liu, balayant les autres du regard. Les verts sont les plus communs, mais il y en a d'autres. Pour l'instant, nous nous concentrerons sur celui-ci. Les Drakka sont d'une force incommensurable, mais ils ne sont pas invincibles. Votre dragon peut facilement en venir à bout, mais si vous vous retrouvez à en combattre un seul, votre meilleure option est de frapper ici. Liu s'approcha de la bête et indiqua sa poitrine. Une lame acérée au cœur sera suffisante.

Le Drakka tira sur ses chaînes, et malgré l'assurance de Liu, il fit un bond en arrière. Les chaînes tinrent bon, et les Élus ricanèrent nerveusement.

— Nous l'avons enchaîné, dit l'un des hommes en robe. Il ne se libérera pas.

Kai tourna son attention vers l'homme. Ses robes bleues indiquaient qu'il était un Inquisiteur, un soldat de l'empire doté du pouvoir de contrôler la magie. Kai n'avait jamais rencontré d'Inquisiteur, mais il semblait être un homme ordinaire comme n'importe quel autre.

Liu poursuivit sa leçon, soulignant les différents points faibles du corps du Drakka et comment se défendre contre ses attaques brutales. Le Drakka déplaça son poids, ses muscles ondulant sous sa peau émeraude. Il semblait irradier une énergie primitive qui à la fois intriguait et terrifiait Kai. Elle ne pouvait détacher son regard de la créature, malgré le malaise qui lui nouait l'estomac. La bête dardait son regard du Liu aux Inquisiteurs. Il avait dit qu'ils étaient stupides, mais Kai sentait que le Drakka les étudiait, calculant un moyen de s'échapper.

— Vous avez tous l'air terrifiés, dit Liu, ramenant l'attention de Kai sur lui. Et vous avez raison de l'être, mais bientôt vous ne serez plus des Élus. Vous serez des Assermentés, et à ce titre, c'est votre devoir de protéger et défendre l'empire contre eux. Kai, approchez-vous.

L'échine de Kai se raidit à la mention de son nom. Elle croisa le regard de Liu, et il acquiesça légèrement. Il était chargé de la protéger, alors s'il ne pensait pas qu'il y avait une chance que le Drakka lui fasse du mal, elle devait lui faire confiance... n'est-ce pas ? Elle déglutit avec difficulté et s'approcha lentement de la créature.

Le Drakka l'ignora d'abord, mais ses narines se dilatèrent et il tourna brusquement la tête vers elle.

— Calmez vos craintes, lui ordonna Liu. Soutenez son regard et faites-lui savoir que vous n'avez pas peur.

Kai leva les yeux vers le Drakka et soutint son regard. Ses genoux tremblaient, mais elle empêcha son visage de se crisper de peur. La créature renifla l'air une fois, deux fois, puis se pencha, l'observant avec curiosité. Il y avait de l'intelligence dans ses yeux. Elle le voyait clairement. Quelque chose en elle lui intima de tendre la main.

Hésitante, elle leva la main droite et l'avança. Le Drakka renifla à nouveau, puis ses yeux se durcirent, l'intelligence remplacée par la fureur ; il gronda et tenta de refermer ses mâchoires sur sa chair. Ses pieds s'emmêlèrent alors qu'elle essayait de se déplacer, et elle tomba lourdement sur son séant, les yeux écarquillés de terreur. Le Drakka banda ses muscles massifs, tendant les chaînes au maximum. Un éclair de lumière bleue illumina la chambre, l'aveuglant temporairement. Le Drakka poussa un hurlement de douleur et de colère.

Kai cligna rapidement des yeux jusqu'à ce que sa vision s'éclaircisse. Liu se tenait au-dessus d'elle et lui offrit sa main. Elle la saisit, et il la remit sur ses pieds.

— Que faisiez-vous ? demanda-t-il doucement, détournant son regard d'elle vers les autres Élus.

— Je... je ne sais pas.

— Ne refaites jamais ça.

Kai acquiesça. Sa gorge se serra, et avaler ne l'aida pas. Elle recula vers l'endroit où se tenaient les autres Élus et fixa le Drakka. Il y avait quelque chose de... familier chez cette créature. Elle savait que c'était impossible, et pourtant elle l'avait ressenti. Une sensation intangible au plus profond de son être.

Qu'est-ce que cela pouvait signifier ?

# 5

Le reste de leur temps avec les Drakka fut sans incident. Kai voulait se vider l'esprit, et Siran n'avait pas envie de la rejoindre, alors Liu la suivit à distance tandis qu'elle errait dans le jardin. Les pavés étaient encore glissants à cause de la pluie, mais le soleil brillait haut dans le ciel et ça et là, elle remarqua des sections du chemin qui séchaient.

Elle n'arrivait pas à chasser l'image du Drakka de son esprit. Jetant un coup d'œil par-dessus son épaule vers Liu, elle lui fit signe de la rejoindre.

— Tout va bien ?

— Oui, répondit-elle. Combien de temps avant que les dragons n'arrivent pour la cérémonie ?

— Ils devraient arriver d'ici un jour ou deux. La tempête a retardé leur arrivée. Ce n'est pas idéal, mais les serviteurs en sont ravis. Cela leur donne plus de temps pour préparer la cérémonie. Tout a été ruiné par la pluie.

Le malheur des uns fait le bonheur des autres, pensa-t-elle. Elle ferma les yeux alors qu'une vague de douleur la traversait, mais celle-ci s'estompa rapidement. Les maux de tête avaient diminué ces derniers jours, et elle n'avait pas eu besoin de prendre les médicaments que le guérisseur lui avait donnés.

— Je voudrais te demander quelque chose.

— Dis-moi ce que tu as en tête.

— J'ai peur que tu me prennes pour une folle, avoua Kai.

— La peur ne devrait pas t'empêcher de chercher des réponses.

— Tu dis cela avec tant de facilité. Elle fixa quelques fleurs, essayant de trouver comment formuler sa question. Tu as dit que les Drakka ne sont pas intelligents, mais comment le savons-nous ?

— Nous les avons étudiés assez longtemps pour porter ce jugement basé sur leur comportement. Il y a d'innombrables raisons qui nous font croire que c'est vrai. Ils sont uniquement guidés par l'instinct. Il n'y a pas de chefs parmi eux. Ils consomment tout sans réfléchir ni se soucier même de leur propre survie.

— Alors pourquoi ne les avons-nous pas vaincus ?

Liu rit, mais sa question n'avait rien d'amusant. — Tu n'es pas la première à poser cette question, mais je n'ai pas de réponse. Malgré le nombre que nous tuons, leur nombre ne semble jamais diminuer.

Kai fronça les sourcils, troublée par ses paroles. Elle ne pouvait se défaire de l'impression qu'il y avait plus à comprendre sur les Drakka que ce qui était visible, qu'il y avait une profondeur en eux qui n'avait pas encore été saisie. Une rafale de vent souffla à travers le jardin, et l'odeur de terre humide lui rappela son foyer.

— Mes parents vont bien ? Après la tempête, je veux dire.

— Ils vont bien. Je l'ai vérifié moi-même après le passage de la tempête.

— C'est bien. Merci d'avoir veillé sur eux.

Tandis qu'ils se promenaient le long d'un chemin bordé de camélias éclatants, Kai rassembla son courage pour exprimer sa véritable question. — Et si nous nous étions trompés sur les Drakka depuis tout ce temps ?

— Comment cela ?

— Et s'ils étaient plus intelligents que nous ne le pensons ? Peut-être nous ont-ils simplement fait croire qu'ils manquaient d'intelligence.

— L'idée que les Drakka puissent posséder un niveau d'intelligence que nous n'avons pas encore compris est, pour le moins, troublante. Mais les meilleurs esprits de l'empire les ont étudiés en profondeur. Même s'ils sont plus intelligents que ce que nous savons, nous avons des stratégies en place pour nous protéger.

— Mais si nos stratégies sont basées sur des suppositions erronées ? insista Kai, son esprit s'emballant avec les implications de ses propres paroles. Et si nous devions repenser tout ce que nous savons sur les Drakka pour vraiment les vaincre ?

Liu la regarda d'un air pensif. — Je dois admettre que tes questions me font réfléchir, mais pas parce que je pense que tu es folle, ajouta-t-il, la faisant taire avant qu'elle ne puisse protester. Ta façon de penser remet en question tout ce que nous savons, donc c'est difficile parce que... je n'ai pas les réponses. Supposons que tu aies raison là-dessus. Que devrions-nous faire alors ?

Kai le regarda, sans voix. Que faire, en effet ? — Comme toi, je n'ai pas de réponse.

Tout à l'heure... elle s'interrompit, incertaine de devoir en dire plus.

— Tout à l'heure... ?

— J'ai eu l'impression que ça m'était familier d'une certaine façon.

— As-tu déjà rencontré celui-ci auparavant ?

— Non. Jusqu'à aujourd'hui, je n'avais jamais vu de Drakka. Je sais que ça n'a pas de sens, mais je l'ai ressenti.

— Je ne pense toujours pas que tu es folle, mais cela m'inquiète. Je vais en parler avec Maître Satoshi. Peut-être pourra-t-il nous guider. Ton dragon l'a-t-il aussi ressenti ?

Les yeux de Kai s'écartèrent de Liu. Elle ne pouvait pas lui dire la vérité. Si la nouvelle se répandait qu'une Élue ne pouvait pas entendre la voix de son dragon, nul ne saurait quelle serait la réaction. Les gens pourraient accuser sa mère d'avoir menti à propos du Signe ressenti. Elle imaginait que cela entraînerait le déshonneur.

— Je n'ai pas consulté mon dragon à ce sujet, répondit Kai. Ce n'était pas vraiment un mensonge.

— Je te suggérerais de le faire. Si ton dragon l'a ressenti... eh bien, nous devrions approfondir cette question.

Kai acquiesça.

— En attendant, n'en parle à personne d'autre. Liu s'éclaircit la gorge et changea de sujet. La cérémonie approche. J'imagine que tu es impatiente de rencontrer ton dragon face à face ?

— Pour être honnête, je suis nerveuse. Être Élue est un grand honneur, mais je ne me sens pas digne.

— Si tu ne l'étais pas, ton dragon ne t'aurait pas choisie. Cependant, je comprends à ma façon. Je ne me sens pas digne de protéger une Élue.

— Pourquoi pas ?

Liu sourit. — Tu ne veux pas connaître mes défauts.

— Nous avons tous des défauts. Tu sais que je suis nerveuse et effrayée. Dis-moi pourquoi tu penses ne pas être digne.

— Ta vie est entre mes mains, répondit-il. Je ne suis pas certain d'être capable d'assurer ta sécurité. C'est un fardeau immense.

— Je sais que je ne suis ici que depuis quelques jours, mais il ne semble pas y avoir de danger ici. Je pense que tout ira bien. De plus, une fois que je serai Jurée, tu ne me seras plus assigné.

Un cor retentit au loin. Kai sursauta, son cœur bondissant dans sa poitrine. Liu tourna son attention vers l'ouest.

— Ils sont en avance, dit-il.
— Qui ?
— Les dragons.

6

La cour était une cacophonie de voix tandis que les gens se rassemblaient pour assister à l'arrivée des dragons. Liu et Kai se tenaient parmi la foule, regardant vers l'ouest. Les silhouettes d'une douzaine de dragons apparurent à l'horizon, leurs formes majestueuses fendant le ciel avec grâce et puissance.

Les gens autour d'elle haletaient et chuchotaient avec admiration. Kai retint son souffle en regardant les dragons se rapprocher, leurs écailles scintillant au soleil. Chaque dragon était unique, avec des couleurs et des motifs vibrants qui les distinguaient les uns des autres. Émeraude, saphir, améthyste et d'autres couleurs les accueillaient, mais l'attention de Kai fut attirée par un dragon en particulier. Ses écailles brillaient comme de l'hématite grise polie, et Kai n'avait aucun doute qu'il s'agissait de son dragon.

Le bourdonnement dans les oreilles de Kai s'intensifia, montant en crescendo et couvrant les sons de la foule autour d'elle. Heureusement, il n'y avait pas de douleur, mais cela ne la rassurait pas pour autant. Les dragons atterrirent dans le champ à l'extérieur du château, chacun émettant un rugissement tonitruant qu'elle entendait à peine. Le bruit était écrasant, et elle sentit ses jambes faiblir. Craignant de s'évanouir, elle s'agrippa au bras de Liu. Le bourdonnement s'arrêta brusquement.

— Encore un mal de tête ? demanda-t-il à voix basse.

Kai acquiesça brièvement, ne voulant pas ajouter à ses inquiétudes. — C'est passé rapidement, répondit-elle.

Une acclamation jaillit de la foule lorsqu'une silhouette traversa les remparts du mur. Il leva la main droite, réclamant le silence.

— Brave peuple d'Ikje, merci d'être venus honorer nos Élus. Ce groupe ne compte qu'une douzaine de membres, mais comme nous le savons tous, la force d'un cavalier en vaut plusieurs. Ce soir, nous célébrerons nos Élus par un festin, et demain, ils prêteront Serment !

La foule hurla son approbation, et l'homme sur le parapet retourna au château.

— Qui était-ce ? demanda Kai.

— C'était Maître Satoshi.

Alors que le soleil commençait à se coucher, des lanternes et des braseros furent allumés autour de la cour, baignant tout d'une lumière chaleureuse. De longues tables furent disposées dans la cour, chargées d'une abondance de nourriture et de boissons, et bientôt, la cour s'anima de rires et de bavardages alors que les gens se mêlaient, célébrant la cérémonie à venir. Kai était assise entre Siran et Ichiro, emportée par les festivités, ses doutes et inquiétudes antérieurs momentanément écartés par l'atmosphère joyeuse. Elle mangea et but avec les autres, écoutant les histoires de cérémonies passées et les exploits légendaires des cavaliers de leur histoire.

Au fil de la soirée, la foule se dispersa lentement et un froid s'installa dans l'air. Kai s'excusa de la table et se glissa dans les ombres de la cour, se frayant un chemin à travers les corridors labyrinthiques du château. Elle trouva une alcôve isolée surplombant le paysage baigné de lune au-delà des murs et s'appuya contre la pierre froide, s'entourant de ses bras alors qu'un frisson parcourait son échine.

La lune était pleine et brillante, jetant une lueur argentée sur le paysage. De ce point de vue, elle pouvait voir les dragons se reposant dans le champ au-delà des murs, leurs formes à peine visibles dans l'obscurité.

— Kai ?

Elle sursauta en entendant son nom et se retourna pour voir Liu, son expression indéchiffrable.

— Est-ce que ça va ?

— Oui. Je... réfléchissais.

— Maître Satoshi a demandé ta présence.

— Est-ce à propos de ce que je t'ai dit ?

Il acquiesça en réponse. Kai était épuisée et ne voulait rien de plus que se glisser dans son lit, mais elle savait que la demande de Maître Satoshi était un ordre, pas une invitation. Elle se détacha du mur et Liu l'escorta à travers le hall.

— Qu'a-t-il dit quand tu lui as parlé ?

— Pas grand-chose. Il a écouté, puis il a demandé à te voir. Je suppose qu'il veut plus de détails.

Kai suivit Liu en silence. Ils montèrent un escalier circulaire jusqu'à la plus haute tour du château et s'arrêtèrent devant une paire de portes en chêne. Liu donna un coup ferme, annonçant leur présence, et on les invita à entrer.

Kai entra dans la pièce en premier. Maître Satoshi était assis à un grand bureau en bois encombré de rouleaux et d'autres parchemins. Il leva les yeux et lui fit signe de s'asseoir. La pièce était vivement éclairée par une multitude de lanternes. Elle s'avança vers son bureau et s'assit, pliant ses mains sur ses genoux.

Le visage de Maître Satoshi était ciselé avec des traits angulaires et nets — des pommettes hautes, une mâchoire forte, et un nez droit et étroit qui semblait avoir été sculpté dans la pierre. Des yeux sombres et pénétrants reflétaient le calme d'un guerrier aguerri, et ses cheveux noirs de jais étaient attachés en un chignon de soldat. Il dégageait une confiance tranquille, sa présence imposant respect et attention. Stupéfaite, Kai le fixa en silence. Cet homme était un héros, un parangon de force et d'honneur.

— Liu me dit que tu as ressenti une connexion avec le Drakka. J'aimerais t'entendre raconter cette expérience avec tes propres mots.

—Oui, mon seigneur. Kai passa ses doigts le long du tissu de ses vêtements, cherchant une couture à caresser avec ses ongles, mais il n'y en avait pas. — C'était plus tôt, quand nous étudiions la créature. Liu m'avait demandé de m'en approcher, et quand elle m'a regardée...

— Continue.

— J'ai ressenti quelque chose. C'est difficile à décrire, mais c'était comme si je connaissais cette créature.

— Liu a dit que tu n'avais jamais vu de Drakka avant aujourd'hui. Est-ce exact ?

— Oui, mon seigneur.

Les sourcils de Satoshi se froncèrent, pensif. — Et qu'a dit ton dragon à ce sujet ?

— Je ne lui ai pas encore parlé.

Les yeux de Satoshi passèrent d'elle à Liu, qui se tenait au garde-à-vous près de la porte.

— Laisse-nous, ordonna-t-il. Liu obéit et ferma la porte derrière lui.

— Y a-t-il autre chose que tu voudrais me faire savoir ?

— Pas que je sache, répondit Kai.

Satoshi se cala dans son fauteuil et la fixa, son regard portant l'intensité d'une tempête implacable. — La confiance est un chemin à double sens, Kai Lin. Comment puis-je te faire confiance si tu mens en face ?

Les joues de Kai s'empourprèrent. — Je... je suis désolée, mon seigneur. Ses mains tremblaient tandis qu'elle s'agitait nerveusement. L'expression de Satoshi s'adoucit légèrement en observant sa détresse.

— L'honnêteté est primordiale dans notre ordre. Nous nous appuyons sur la confiance et la transparence pour maintenir nos valeurs et traditions, expliqua-t-il d'un ton mesuré. — Maintenant, essayons à nouveau. Y a-t-il autre chose que tu voudrais me faire savoir ?

Les yeux de Kai se remplirent de larmes, et malgré ses efforts pour les retenir, l'une d'elles s'échappa et glissa sur sa joue. Elle ouvrit la bouche pour parler, la referma, et serra les poings. Ce qu'elle était sur le point de dire pourrait attirer le désastre sur sa famille.

— Je n'ai jamais parlé à mon dragon.

7

— Je m'en doutais.

Kai attendait la confusion, l'indignation, les répercussions qui allaient sûrement suivre. Au lieu de cela, Maître Satoshi resta étrangement calme, son regard inébranlable. Le cœur de Kai battait dans sa poitrine, incertaine de ce qui allait se passer ensuite.

— Pourquoi n'avez-vous pas parlé à votre dragon ?

— Je... je ne peux pas l'entendre. Il n'y a qu'un bourdonnement dans mon esprit. J'ai essayé d'innombrables fois de communiquer avec lui, mais c'est inutile. Je crains de ne pas être vraiment une Élue.

— Le silence ne signifie pas l'absence. Il se pourrait que votre dragon attende que vous l'écoutiez d'une manière différente.

La confusion obscurcit l'esprit de Kai. Que voulait-il dire par une manière différente ?

51

Elle avait essayé de communiquer avec son dragon par la pensée et les émotions comme on le lui avait enseigné, mais en vain.

— J'ai tout essayé ce que je pouvais imaginer, dit-elle.

— Vous ne devez pas craindre le jugement ici. Je ne suis pas prompt à condamner, surtout en ce qui concerne le lien. C'est une connexion sacrée, qui ne peut être forcée ou contrainte. Pour certains, le lien est fragile, faible. C'est comme un muscle. Il a besoin d'être utilisé, exercé. Vous n'êtes pas la première Élue à avoir ce problème, bien qu'il ne soit pas courant.

Kai sentit un poids se lever de ses épaules à ces mots. Elle croisa son regard, voyant la compréhension et l'empathie s'y refléter. — J'avais peur...

— Vous aviez peur d'être mal comprise, termina-t-il pour elle. Mais je vous assure que j'ai vu de nombreux cavaliers faire face à des difficultés similaires en matière de communication avec leurs dragons. C'est un processus qui demande du temps et de la patience. Pour beaucoup, il s'agit simplement de rencontrer leur dragon. Les voir en chair et en os peut aider à solidifier le lien.

Kai absorba les paroles de Maître Satoshi, sentant une lueur d'espoir s'allumer en elle.

Ses mots apaisaient les craintes qui l'avaient tourmentée pendant si longtemps. Peut-être avait-il raison. Elle hocha lentement la tête, reconnaissante de sa compréhension et de ses conseils. Les paroles de la guérisseuse lui revinrent soudain.

— Quelqu'un m'a dit que j'avais une énergie étrange dans mon ki. Savez-vous ce qu'elle voulait dire ?

— Le ki est la force vitale qui coule en nous, nous reliant à toutes choses dans le monde. On dit que le ki de chaque individu est unique, un reflet de son essence et de son esprit. Je ne suis pas guérisseur, mais je parierais que la honte que vous ressentez a troublé votre ki. Purifiez-le, et cela pourrait vous aider à débloquer votre connexion avec votre dragon.

— Comment ferais-je cela ? Même avec votre explication, je ne suis pas tout à fait sûre de ce qu'est mon ki.

— La façon la plus simple est de méditer. Visualisez votre ki et filtrez l'énergie négative qui le souille. Le processus prend du temps, mais je crois que vous le trouverez largement utile.

—Merci, mon seigneur. Vous avez soulagé un grand fardeau qui pesait sur moi.

— Je ne fais que ce que j'attendrais de n'importe qui d'autre pour moi. Allez vous reposer. La cérémonie est demain, et vous aurez besoin d'un esprit clair.

Kai se leva de sa chaise et offrit une révérence à Satoshi. Il dissimula son sourire en bâillant et la congédia d'un geste. Lorsqu'elle atteignit la porte, il lui demanda d'informer Liu qu'il était libéré pour la soirée. Elle acquiesça et sortit dans le couloir. Liu était adossé au mur, les bras croisés sur sa poitrine et les yeux mi-clos. Au son de la porte qui grinçait, il se redressa.

— Il a dit que tu es libéré, ce qui semble être une bonne chose puisque tu somnolais à l'instant.

— Je reposais simplement mes yeux, répondit Liu.

Un léger sourire éclaira les lèvres de Kai, le premier sincère qu'elle avait montré depuis longtemps.

— Comment ça s'est passé ?

— Bien mieux que ce que j'espérais, dit-elle. Maître Satoshi est aussi bienveillant que sage.

— Bien. Qu'a-t-il dit à propos de ton expérience avec le Drakka ?

— Rien. Je pense qu'il est aussi perplexe que moi à ce sujet.

— Pourquoi t'a-t-il gardée si longtemps ?

— Nous avons parlé d'autres choses, répondit Kai évasivement. Il m'a suggéré de purifier mon ki.

Liu grogna en réponse. Ils retournèrent à l'étage principal du château, et Liu l'accompagna jusqu'à ce qu'ils atteignent la porte de sa chambre.

— Dors un peu, dit-il en partant. Demain sera une longue journée.

Kai ouvrit la porte et se glissa à l'intérieur. Les autres Élus étaient au lit, et à en juger par le concert de ronflements et de respirations lourdes, ils dormaient tous. Elle se faufila silencieusement jusqu'à son lit, se déshabilla jusqu'à ses sous-vêtements, puis s'allongea et fixa les ombres qui voilaient le plafond. Pour la première fois depuis des années, elle se sentait en paix.

Les paroles de Satoshi résonnaient dans son esprit, l'exhortant à purifier son ki pour faire place à une connexion plus forte avec son dragon. Fermant les yeux, Kai se concentra sur sa respiration. Elle plongea profondément en elle-même, visualisant son ki comme une orbe lumineuse en son centre. L'entourant, une brume trouble assombrissait son éclat.

À chaque respiration, elle imaginait la lumière devenir plus forte, repoussant les ténèbres qui cherchaient à l'atténuer. Le poids de la honte et du doute commença à s'alléger tandis qu'elle se concentrait sur l'abandon de l'énergie négative qui avait obscurci son esprit. C'était un processus lent, nécessitant patience et force d'âme, mais Kai était déterminée à forger une connexion plus profonde avec son dragon.

La brume se dissipa, et un faible murmure chatouilla les bords de sa conscience. Ce n'était pas un son qu'elle entendait avec ses oreilles, mais une sensation qui résonnait au plus profond de son être. Intriguée, Kai s'ouvrit à lui, invitant le murmure en elle.

Des images scintillèrent dans son esprit — des flashs vibrants d'écailles, une étendue infinie de ciel azur, et la sensation de s'élever à travers les nuages. Le murmure se renforça, se manifestant comme une douce chaleur se répandant depuis son centre. Dans ce moment d'abandon, Kai sentit une présence, un contact délicat effleurant son esprit.

Le bourdonnement qu'elle avait toujours entendu commença à changer, se transformant en une symphonie de vibrations harmonieuses qui résonnaient au plus profond de son âme. C'était un sentiment qui transcendait les mots. Comme une brise légère attisant des braises dormantes, elle sentit une présence s'éveiller en elle. C'était comme si une partie d'elle-même qu'elle avait longtemps négligée s'éveillait, déployant ses ailes dans l'obscurité de son être intérieur. La connexion qu'elle avait tant désirée mais croyait inaccessible était maintenant tangible, un fil la reliant à un être d'immense pouvoir et de sagesse ancestrale.

Des larmes piquèrent aux coins des yeux de Kai alors qu'elle savourait cette nouvelle connexion. C'était comme si une pièce manquante de son âme avait finalement été trouvée, complétant un puzzle qu'elle ne savait même pas incomplet.

L'épuisement la submergea, et tandis qu'elle s'endormait, elle fut réconfortée par le savoir qu'elle n'était plus seule.

8

Quand Kai ouvrit les yeux, la chaude lumière du soleil matinal affluait par la fenêtre. Elle s'assit et s'étira, une énergie nouvelle parcourant son corps. Pour la première fois de sa vie, elle était impatiente de rencontrer son dragon en personne.

Elle tendit ses pensées, mais bien qu'elle ressentît la même présence forte que la nuit précédente, elle n'entendait toujours pas la voix de son dragon. Les paroles de Satoshi résonnaient dans son esprit, et elle était certaine qu'aujourd'hui serait le jour où elle entendrait enfin son dragon parler.

Kai sortit du lit et remarqua une pile de vêtements soigneusement pliés sur le coffre au pied de son lit. Une paire de bottes en cuir noir était posée à côté, brillantes comme si elles venaient d'être cirées.

—Ils s'attendent à ce qu'on soit présentables, dit Siran. La Cérémonie des Serments est sacrée, tout ça tout ça. Kai la regarda. Elle était déjà habillée des mêmes vêtements mais était allongée sur son lit, appuyée sur ses coudes. Se sentant soudain pudique, elle s'habilla rapidement.

—Tu ne penses pas que c'est important ?

—Bien sûr que si, mais après notre formation, ils nous envoient contre les Drakka. Qui se soucie de ce qu'on porte à la cérémonie ? Personne ne s'en souviendra. Ce dont ils se souviennent, c'est de la façon dont on meurt.

—C'est un peu déprimant, tu ne trouves pas ?

—C'est vrai, mais ça n'en est pas moins réel. De toute façon, personne ne pourra voir ces vêtements sous l'armure.

Les paroles sombres de Siran ne parvinrent pas à assombrir son moral. La joie en elle était trop forte pour être éteinte.

—C'est juste, répondit Kai. Elle avait presque oublié qu'on lui avait pris ses mesures pour une armure avant de quitter son foyer. Elle passa ses mains sur le tissu rouge vif de ses nouveaux vêtements, admirant leur douceur.

—De la soie, dit Siran, comme si elle lisait dans ses pensées.

Kai hocha la tête, impressionnée par la qualité du tissu. C'était comme une caresse sur sa peau, une sensation à laquelle elle n'était pas habituée. Alors qu'elle finissait d'enfiler ses bottes, la porte s'ouvrit en grinçant, et Liu entra dans la chambre avec les autres gardes. Son expression s'adoucit en voyant Kai.

—Vous êtes élégante, dit-il, avec une note de fierté dans la voix.

Kai sentit ses joues s'échauffer face à ce compliment inattendu. —Merci.

—Nous avons plusieurs choses à faire avant la cérémonie, donc nous devrions nous y mettre.

—Peut-on manger d'abord ? J'ai faim.

—Le petit-déjeuner est servi maintenant. Assurez-vous juste de ne pas salir vos vêtements.

Kai et les autres Élus se rendirent à la salle à manger et prirent un repas rapide, puis on les conduisit à l'armurerie. À l'intérieur, l'air était imprégné de l'odeur du métal et du cuir. Des rangées d'armes tapissaient les murs, chacune étincelant sous la lueur chaude des lampes à huile. Kai s'émerveilla du savoir-faire exposé, des gravures complexes qui ornaient les lames aux cordons finement tissés qui pendaient de leurs poignées.

Un forgeron aux cheveux blancs s'approcha d'eux, son visage buriné s'illuminant d'un large sourire. —Honorables Élus, les salua-t-il, leur faisant signe de le suivre vers une rangée de supports d'armures, chacun portant une armure étincelante.

—Commençons par vous, dit-il, désignant Jiro.

—Chanceux, marmonna Ichiro, donnant un coup de poing joueur dans le bras de son frère.

Jiro s'avança et le forgeron prit quelques mesures, puis indiqua l'un des supports. —Celle-ci est pour vous. Kai regarda le forgeron l'aider à mettre les pièces individuelles, ajustant les sangles et les boucles avec une aisance experte. Jiro se tenait fièrement dans sa nouvelle armure, les plaques de métal s'entrechoquant à chacun de ses mouvements. Ensuite, ce fut au tour d'Ichiro. Malgré son attitude enjouée, Kai pouvait sentir qu'un feu brûlait férocement en lui. Roturier ou non, quelque chose lui disait qu'il deviendrait un grand guerrier.

Une fois Ichiro équipé, ce fut le tour de Siran. Elle se tenait avec assurance pendant que le forgeron travaillait autour d'elle, ses mains fixant habilement chaque pièce. Siran avait l'allure d'une véritable guerrière, et Kai était heureuse de la compter parmi ses amies.

Finalement, ce fut le tour de Kai. Elle s'avança avec empressement, le cœur battant d'anticipation. Le forgeron la mesura, puis désigna le support qui portait son armure. Alors qu'il l'aidait à revêtir les pièces, Kai ressentit un sentiment d'appartenance. Le poids de l'armure était réconfortant plutôt que pesant, et elle lui allait parfaitement.

Une fois complètement armée, Kai fit quelques pas d'essai, testant la flexibilité. Étonnamment, elle trouva qu'il était plus facile de se mouvoir qu'elle ne l'avait anticipé, l'armure l'épousant comme une seconde peau. Elle plia les doigts dans ses gants de coton et sourit d'admiration.

Après qu'ils eurent tous été équipés, le forgeron aux cheveux blancs hocha la tête en signe d'approbation, une lueur de fierté dans les yeux. —Vous la portez tous à merveille, dit-il. C'est un honneur d'avoir forgé vos armures. Maintenant, vous devez choisir une arme.

La pièce regorgeait d'options, toutes mortelles. Les Élus se dispersèrent, et Kai s'approcha d'un râtelier d'épées. Ses mains effleurèrent les manches polis de quelques-unes, mais rien n'attira son regard. Elle continua vers le mur du fond et ses yeux se posèrent sur une épée différente de toutes celles présentes dans la pièce.

La lame était aussi sombre que le néant et suffisamment affûtée pour couper un cheveu. Son tranchant, affiné à la perfection, captait la lumière en lignes iridescentes aussi fines qu'un rasoir qui semblaient danser devant ses yeux. Sa surface, lisse comme un lac immobile à minuit, portait des runes complexes qui émanaient une puissance magique. La poignée était forgée d'ébène lustré et enveloppée de cuir sombre. La garde s'évasait comme les ailes d'un corbeau, ses pointes façonnées en serres menaçantes et incurvées, offrant équilibre et protection. Enchâssé dans le pommeau se trouvait un obsidienne parfaite et immaculée, sa surface aussi sombre et réfléchissante qu'un ciel nocturne sans étoiles.

Kai tendit la main et saisit la poignée, la retirant des crochets du mur. Quelque chose tomba au sol avec fracas, et elle se retourna, surprise. Les yeux du forgeron étaient écarquillés, et il tomba à genoux, pressant son front contre le sol. Kai regarda Liu, qui la fixait d'une manière similaire.

—Je suis désolée, dit-elle. Je n'aurais pas dû y toucher ? Je vais la remettre en place.

Elle se tourna pour remettre l'épée, mais les mots du forgeron l'arrêtèrent.

—Cette lame n'a pas été touchée depuis sa création. Elle a été forgée à partir de roche volcanique, et le forgeron qui l'a créée a tissé un sort dans le métal. Seule une personne baptisée dans le sang des dragons peut la manier.

Les yeux de Kai parcoururent la longueur de la lame, puis elle regarda le forgeron, les sourcils froncés de confusion. —Je n'ai jamais vu de dragon, encore moins touché son sang.

Le forgeron et Liu s'engagèrent dans une conversation chuchotée, puis Liu quitta précipitamment la pièce, laissant Kai encore plus perplexe. Le forgeron s'approcha d'elle lentement, presque avec révérence.

—Que vous le sachiez ou non, vous avez dû entrer en contact avec du sang de dragon. Il n'y a aucun moyen que vous puissiez toucher l'épée autrement. À moins que...

—À moins que quoi ? demanda-t-elle.

—À moins que le sort ne se soit estompé. Je suis trop vieux maintenant pour risquer la douleur que cela causerait. Le forgeron se tourna vers les autres Élus. —L'un d'entre vous serait-il prêt à essayer de tenir l'épée ?

Ils regardaient Kai comme si elle était une sorte d'apparition, tous sauf Siran. La femme s'avança avec assurance et tendit sa main droite. Kai lui offrit l'arme, et dès que Siran la toucha, une explosion éblouissante d'énergie la secoua. Siran poussa un cri et chancela en arrière, pressant sa main contre sa poitrine.

—Je suis désolé, mais j'avais besoin d'être sûr, dit le forgeron. Allez voir les guérisseurs. Ils s'occuperont de votre main et s'assureront que vous êtes apte pour la cérémonie.

Siran partit, et Kai ne put s'empêcher de ressentir une pointe de culpabilité même si ce n'était pas sa faute. —Je ne veux pas de cette épée, dit-elle doucement.

—Elle a été faite pour vous, insista le forgeron. Ce qui lui est arrivé est arrivé à tous ceux qui ont essayé de toucher cette lame. Le fait que vous la teniez maintenant et que vous ne soyez pas immobilisée par la douleur confirme que vous en êtes désormais la propriétaire.

Ses paroles pesaient lourd sur elle tandis qu'elle contemplait l'arme, déchirée entre l'attrait de l'arme et le danger qu'elle semblait présenter. Elle calma son cœur qui battait la chamade et tendit la main vers son dragon. Encore une fois, elle n'entendit pas de voix, mais quelque chose lui dit qu'elle devrait la garder. Après un moment de réflexion, elle acquiesça.

—Je vais la prendre.

Le forgeron sourit largement. —Un choix judicieux. Je suis sûr que vous la manierez avec honneur et force. C'est une arme destinée à quelqu'un promis à la grandeur.

## 9

Une fois Liu revenu, il ordonna aux Élus de retourner dans leur chambre. Tandis qu'ils traversaient le couloir, le poids de l'épée dans son fourreau au côté de Kai était à la fois intimidant et exaltant. Elle ne pouvait s'empêcher de jeter des coups d'œil furtifs à l'arme, pendant que les paroles du forgeron aux cheveux blancs résonnaient dans son esprit.

De retour dans leurs quartiers, Kai se tenait près de son lit, observant les autres Élus qui s'étaient regroupés, chuchotant et regardant occasionnellement dans sa direction. Elle soupira bruyamment et, lorsque Jiro la regarda, elle soutint son regard.

—Si vous devez médire de moi, faites-le en face et pas comme des lâches, laissa-t-elle échapper sans réfléchir, surprise elle-même par son audace.

—Nous parlons de toi, mais pas en mal, répondit Jiro. Nous discutons de ce qui est écrit à propos de l'Être de Sang. Je pense que tu es celle dont parlent les parchemins.

—L'Être de Sang ? demanda Kai. Est-ce à propos du sang de dragon ? J'ai déjà dit à cet homme que je n'ai jamais vu ni touché de dragon !

—Calme-toi, l'apaisa Jiro. Ce serait une bonne chose si tu étais cette personne.

—Pas vraiment, dit un autre des Élus. C'était un garçon nommé Kazu. Les écrits pourraient signifier qu'elle est maléfique.

Kai fronça les sourcils. —De quoi parlez-vous ? Je ne suis pas maléfique, et je ne suis pas non plus cet Être de Sang.

—Tu ne sais pas ce qu'est l'Être de Sang ? demanda Jiro. Tout le monde le sait.

—Elle ne peut pas savoir parce qu'elle n'est pas comme nous, dit Kazu. C'est une noble.

Jiro s'écarta du groupe et vint se placer à côté de Kai. —Tu ne connais vraiment pas les écrits ?

—Non.

—Je peux te les raconter ?

Kai haussa les épaules. —Bien sûr.

—Ce n'est pas exactement une prophétie, mais ça y ressemble. Ça dit que quelqu'un qui a été baigné dans le sang d'un dragon sauvera l'empire.

—Tss, ce n'est pas ce que ça dit. Ils se tournèrent tous deux pour voir Siran. Elle tenait sa main près de sa poitrine.

—Est-ce que ça va ? demanda Kai. Je suis tellement désolée.

—Ce n'était pas ta faute. Ce n'est pas comme si tu avais fait en sorte que l'épée me blesse... n'est-ce pas ?

—Bien sûr que non !

Siran eut un petit sourire narquois. —Je sais. C'était une blague. Ma main va bien. La douleur était intense, mais les guérisseurs ont appliqué une sorte de baume et elle semble normale maintenant.

—Je suis contente que tu ne sois pas blessée, dit Kai.

—Moi aussi. Pourquoi laisses-tu Jiro te remplir la tête de bêtises ?

—Ce ne sont pas des bêtises, protesta Jiro.

—Certains pourraient dire le contraire. Dans tous les cas, les parchemins ne disent pas que l'Être de Sang sauvera l'empire. Et les parchemins n'utilisent pas le terme « Être de Sang ». C'est quelque chose que les zélotes ont inventé.

—Tout le monde l'utilise, dit Jiro sur la défensive.

—Je ne te juge pas, répondit Siran. Je dis simplement.

—Je n'ai jamais entendu parler de cette prophétie ou peu importe ce que c'est, dit Kai. De quoi s'agit-il ?

—Je ne suis pas surprise. Les roturiers s'y accrochent parce qu'ils pensent que cette personne mythique va les sortir de la pauvreté ou quelque chose comme ça. En tant que nobles, nous ne mettons pas notre foi dans les fables.

Jiro lança un regard noir à Siran mais ne dit rien.

—C'est une sorte de poème, poursuivit Siran. Je m'en souviens parce que ma grand-mère me le récitait. Comment ça commence déjà... Ah oui.

*Quand le sang du dragon tachera le pur,*
*Un enfant s'élèvera pour endurer.*
*Avec des flammes qui dansent et des ombres qui s'étendent,*
*Ce présage répondra à l'appel du destin.*
*À son ascension, le monde verra,*
*Une aube d'espoir ou une nuit de misère.*
*Car dans le cœur de la lignée du dragon,*
*Réside le pouvoir de sauver ou de pécher.*

Kai digéra ces mots du mieux qu'elle put, mais cela n'avait aucun sens pour elle. —Je ne vois pas le lien, dit-elle.

—Bien sûr que non. Tu as du bon sens, ce qui n'est pas si commun chez eux, Siran inclina la tête vers les autres. On pourrait penser que ça le serait. Je veux dire, c'est dans le titre « roturier ». Elle ricana.

Kai sourit. Elle n'approuvait pas que Siran rabaisse les gens, mais elle trouvait cette dernière remarque plutôt amusante.

—Nous ne sommes pas stupides parce que nous croyons en quelque chose de différent de vous, dit Jiro. Certains d'entre nous ont mis leur espoir dans quelque chose de plus grand qu'eux-mêmes.

Avant que Siran ne puisse répondre, la porte de leur chambre s'ouvrit brusquement et Liu entra à grands pas avec les autres gardes.

—Des Drakka ont été aperçus dans les bois, annonça-t-il. Maître Satoshi pense qu'il est préférable de tenir la cérémonie maintenant puis de vous envoyer tous à Dangju pour votre formation. Prenez un moment pour rassembler vos affaires, puis rejoignez-nous dans la cour.

Kai ressentit un certain soulagement lorsque les gardes partirent. Liu n'avait pas mentionné son épée ni l'étrange prophétie, ce qui signifiait probablement qu'il n'y croyait pas plus qu'elle. Elle se concentra sur l'urgence du moment et ouvrit le coffre au pied de son lit, rassemblant ses affaires. Les autres Élus s'agitaient frénétiquement, leurs voix formant un chœur d'inquiétude.

Une fois tout le monde prêt, ils quittèrent la chambre et se dirigèrent vers la cour. Une annonce avait dû être faite car une grande foule était déjà rassemblée. L'atmosphère était tendue d'anticipation, et l'estomac de Kai se noua en réalisant que sa vie telle qu'elle la connaissait était sur le point de changer à jamais.

Une petite plateforme rectangulaire avait été érigée au centre de la cour, et Maître Satoshi les y attendait. Les Élus montèrent sur la plateforme et s'alignèrent en une rangée ordonnée, face à la foule. Kai cherchait ses parents du regard et les aperçut sur sa gauche. Ils ne lui firent pas signe, mais elle pouvait dire par leurs expressions qu'ils étaient fiers d'elle.

Maître Satoshi leva la main pour demander le silence, et le bourdonnement de la foule s'apaisa progressivement. Sa voix portait à travers la cour avec autorité, chaque mot se répercutant sur les murs de pierre.

—La Cérémonie des Serments est une cérémonie sacrée, créée par nos ancêtres pour honorer le lien entre le dragon et son cavalier. Une personne n'est pas Choisie en fonction de son droit de naissance ou de son mérite, mais par le destin. Ces hommes et ces femmes se tiennent devant vous comme un symbole d'espoir et de force, choisis par leurs dragons pour protéger notre empire contre l'obscurité qui s'approche.

Il fit une pause et parcourut du regard la ligne des Élus, s'attardant sur Kai qui se tenait à l'extrémité de la rangée. Elle sentit son regard et le regarda, croisant brièvement ses yeux avant qu'il ne reporte son attention sur la foule.

—Depuis des siècles, nous vivons sous la menace des Drakka, mais chaque jour, l'espoir fleurit. Chaque nouvel Élu est une promesse de fin à notre détresse. Ils combattent — nous combattons tous — pour mettre un terme aux Drakka.

Kai pouvait sentir le poids des paroles de Maître Satoshi peser sur elle, la gravité de leur appel s'installant profondément dans ses os. Elle jeta un coup d'œil aux autres qui se tenaient à ses côtés. Leurs visages étaient un mélange de détermination et de peur. Ils étaient tous si jeunes pour porter un tel fardeau, une responsabilité bien plus grande qu'eux-mêmes.

—Souvenons-nous des sacrifices faits par ceux qui nous ont précédés et honorons leur héritage par nos actions, poursuivit Maître Satoshi. La force de notre empire ne réside pas dans la grandeur de nos cités, mais dans le courage et l'unité de son peuple.

La cour tomba dans un silence solennel. Le cœur de Kai battait la chamade. C'était le moment. Elle allait enfin rencontrer son dragon. Cela avait longtemps été un jour qu'elle redoutait, mais maintenant son âme l'attendait avec impatience.

—Commençons la Cérémonie des Serments.

## 10

Le son des battements d'ailes résonnait dans l'air alors que les dragons arrivés la veille survolaient les murs, atterrissant derrière l'estrade. Ils offraient un spectacle magnifique, leurs écailles miroitant sous la lumière du soleil. Ils étaient bien plus grands que Kai ne l'avait imaginé, même après les avoir aperçus auparavant. Elle pouvait sentir la puissance qui émanait d'eux, une force primale qui faisait battre son cœur de peur et d'excitation.

Ses émotions étaient partagées par la foule, qui murmurait entre eux. Les dragons proclamaient leur présence, et Kai pouvait sentir ses vêtements vibrer sous l'effet du son. D'un même mouvement, les Élus tombèrent à genoux et inclinèrent la tête, rendant hommage à leurs homologues plus puissants.

— Siran, appela Maître Satoshi. Levez-vous et approchez-vous de votre dragon.

Siran se leva, ses pas assurés tandis qu'elle s'avançait vers le dragon qui l'attendait. Le dragon était une créature majestueuse aux écailles rouges comme des rubis, contrastant fortement avec les couleurs sombres du mur de pierre derrière lui. Elle s'arrêta à quelques pas, et le dragon se pencha, mettant son visage à quelques centimètres de celui de Siran.

Maître Satoshi les rejoignit, tenant un bol doré et une dague. Siran tendit sa main, et Maître Satoshi passa la lame sur sa paume. Kai admira Siran qui ne fit aucun bruit et ne tressaillit pas. Le dragon rouge souleva sa patte avant gauche et Maître Satoshi souleva délicatement l'une de ses écailles, coupant la peau cuirassée en dessous. Il recueillit des gouttes de sang de chacun d'eux dans le bol, puis les mélangea avec la dague.

Kai attendit avec impatience, mais rien ne se produisit. Maître Satoshi porta le bol jusqu'à un brasero et y versa le sang. Les flammes rugirent vers le haut, changeant brièvement pour prendre la même couleur que les écailles du dragon, puis redevinrent normales. Maître Satoshi retourna aux côtés de Siran.

— Prononcez les vœux, dit-il.

Siran se redressa et parla d'une voix forte pour que tous l'entendent. — Par la flamme sacrée et le lien ancestral que nous partageons, je jure de préserver l'honneur de nos ancêtres, de protéger nos terres et son peuple avec courage et sagesse. Avec mon dragon comme guide et force, j'engage ma vie à la protection de notre royaume, maintenant et pour l'éternité.

Le dragon leva la tête et tourna son attention vers Maître Satoshi. Projetant ses pensées, il parla à tous ceux qui étaient présents. *Par le souffle du feu et les cieux que nous survolons, je jure d'honorer notre lien ancestral, de protéger nos terres et ses créatures avec puissance et grâce. Avec ma cavalière comme mon cœur et mon esprit, j'engage ma vie à la protection de notre royaume, maintenant et pour l'éternité.*

Puis ensemble, Siran et son dragon dirent : — Comme une seule âme en deux corps, nous jurons de nous tenir comme gardiens de notre monde. Dans l'unité, la force et la loyauté indéfectible, car la lumière de notre lien nous guidera, maintenant et à jamais.

Kai était émerveillée. La voix du dragon était profonde et rauque, bien différente de tout ce qu'elle avait imaginé. Est-ce que la voix de son dragon serait la même ?

— Vous êtes tous témoins des Serments, dit Maître Satoshi. Que personne ne remette en question leur dévouement à l'empire, ni l'un envers l'autre. Maintenant, ils vont prendre leur envol pour leur premier vol.

Le dragon rouge s'abaissa au sol, et Siran utilisa les arêtes de ses écailles pour grimper sur son épaule, s'installant entre ses omoplates. Il n'y avait pas de selle, pas de sangles, rien du tout pour l'empêcher de tomber du dos du dragon. Kai fronça les sourcils, se demandant comment elle allait tenir. Siran se pencha en avant, s'allongeant presque, et s'agrippa aux écailles du cou du dragon.

D'un bond puissant, la bête s'éleva dans les airs, ses ailes immenses soulevant la poussière dans la cour, les emportant vers le haut. Kai observa avec émerveillement Siran et son dragon s'élever ensemble, leurs silhouettes devenant plus petites contre la vaste étendue du ciel. La foule éclata en acclamations, leurs voix s'élevant jusqu'aux cieux.

En les regardant, un mélange d'émotions tourbillonnait en Kai. Il y avait une pointe d'envie face à la force du lien entre Siran et son dragon, et une peur sous-jacente de l'inconnu qui l'attendait. Est-ce qu'elle et son dragon seraient aussi majestueux ensemble ? Formeraient-ils une connexion aussi forte et indestructible ? Ses yeux se déplacèrent lentement du ciel vers le dragon gris.

Pouvez-vous m'entendre ? demanda-t-elle, essayant de projeter sa voix à travers leur lien.

Le silence répondit à sa question, et si le dragon pouvait l'entendre, il n'en donna aucun signe physique. Elle repensa à ce que Maître Satoshi lui avait dit et chassa ses doutes. Une fois qu'ils auraient complété les Serments, elle était convaincue que leur lien se renforcerait suffisamment pour communiquer l'un avec l'autre.

Finalement, le dragon rouge réapparut, tournoyant au-dessus de la foule avant d'atterrir à son emplacement d'origine. Siran sauta au sol, son visage empli de fierté et d'exaltation. Maître Satoshi lui fit un signe de tête, un sourire se dessinant au coin de ses lèvres.

— Peu de choses se comparent au vol avec votre dragon, dit-il. Nous sommes honorés d'être témoins de vos Serments. Siran Himura, vous n'êtes plus Élue. Vous êtes maintenant Assermentée.

La foule rugit d'excitation une fois de plus, et Kai ressentit soudain l'envie de pleurer. Elle comprenait enfin la signification de la Cérémonie des Serments. Même si le cavalier et le dragon étaient déjà liés, il y avait quelque chose d'incroyablement émouvant dans le rituel lui-même. Elle parvint à retenir ses larmes et, alors que Siran revenait à sa place parmi les Élus, Kai lui sourit.

— Ichiro, dit Maître Satoshi. Levez-vous et approchez-vous de votre dragon.

Ichiro obéit, traversant l'estrade et marchant sur les pavés pour se tenir devant un énorme dragon bleu dont les écailles scintillaient comme des saphirs. Ses yeux se fixèrent sur Ichiro, et un sentiment de reconnaissance passa entre eux. Sans hésitation, Ichiro tendit sa main, paume ouverte, et le dragon se pencha pour frôler délicatement ses doigts. C'était un moment de pure connexion, une compréhension silencieuse qui n'avait besoin d'aucun mot.

Maître Satoshi s'avança à nouveau avec le bol doré et la dague, nettoyés et prêts. Avec une aisance expérimentée, il entailla leur chair et préleva du sang, le mélangeant dans le bol avant de l'enflammer dans le brasero. Les flammes dansèrent en un spectacle fascinant avant de se stabiliser en une lueur constante. Ichiro et son dragon se tenaient face à face tandis qu'ils récitaient leurs vœux, leurs voix s'entrelaçant en un écho harmonieux qui résonnait dans la cour.

En terminant, le dragon bleu inclina la tête dans un salut solennel, et Ichiro posa sa main sur son museau massif, caressant les écailles.

— Vous êtes tous témoins des Serments, répéta Maître Satoshi. Que personne ne remette en question leur dévouement à l'empire, ni l'un envers l'autre. Maintenant, ils vont prendre leur envol pour leur premier vol.

Le dragon bleu s'agenouilla devant Ichiro, qui grimpa sur son dos. D'une puissante poussée de ses ailes, le dragon s'élança dans les airs, emportant Ichiro avec lui. La foule observa avec une admiration silencieuse tandis qu'ils tournoyaient au-dessus d'eux, tout comme Siran et son dragon l'avaient fait quelques instants auparavant.

La cérémonie se poursuivit de la même manière, Jiro succédant à son frère. Il était lié à un dragon vert dont les écailles ressemblaient à du jade poli. Ensuite vint Kazu, suivi de Reika. Kai observa chaque rituel avec un mélange de respect et d'excitation. Onze Élus étaient maintenant Assermentés, et Kai était la seule qui restait.

C'était enfin son tour.

— Kai, levez-vous et approchez-vous de votre dragon.

Kai sentit son cœur bondir dans sa gorge tandis que tous les regards se tournaient vers elle. L'importance du moment pesait sur ses épaules, et pendant un bref instant, le doute rongea les bords de sa détermination. Elle prit une profonde inspiration et marcha vers le grand dragon gris, ses pas hésitant légèrement dans sa nervosité. Le dragon la regardait avec des yeux qui semblaient percer son âme, l'évaluant d'un regard à la fois intimidant et étrangement rassurant.

Maître Satoshi les rejoignit, sa présence rassurante alors qu'il accomplissait le rituel du sang. Kai serra les dents contre la douleur de la coupure sur sa paume, s'efforçant de rester stoïque comme l'avait été Siran. Le dragon observait attentivement, un grondement résonnant dans sa poitrine. Maître Satoshi recueillit son sang ensuite, et le bol doré miroitait sous le soleil tandis qu'il s'approchait du brasero.

D'une main ferme, il versa le sang dans les flammes. Le feu explosa en un éblouissant spectacle de lumière argentée, vacillant et dansant d'une lueur éthérée. Kai sentit une vague d'énergie la parcourir, une sensation de picotement qui tirait sur les bords de son ki. Son dragon était un mâle. Elle ne savait pas comment elle le savait. Elle le... savait, c'est tout.

— Prononcez les vœux, ordonna Maître Satoshi.

Elle fixa le dragon, les mots fuyant soudainement sa mémoire. Elle avait appris le serment quand elle était jeune, l'avait répété d'innombrables fois dans sa courte vie. Pourquoi maintenant, au moment le plus important de sa vie, les mots échappaient-ils à sa compréhension ? Maître Satoshi s'éclaircit la gorge, attirant son attention. Son regard sévère éveilla quelque chose en elle, et les mots lui revinrent en trombe. Elle prit une inspiration pour se stabiliser.

—Par la flamme sacrée et le lien ancestral que nous partageons, je jure de préserver l'honneur de nos ancêtres, de protéger nos terres et son peuple avec courage et sagesse. Avec mon dragon comme guide et force, j'engage ma vie à la protection de notre royaume, maintenant et pour l'éternité.

Le dragon la considéra un moment avant de se pencher plus près. Il renifla l'air autour d'elle, son souffle chaud balayant son visage.

Kai pouvait sentir le poids de sa présence et cela lui donna des frissons dans le dos. Levant la tête, il projeta sa voix pour que tous l'entendent.

*Ce n'est pas ma cavalière.*

# 11

Le cœur de Kai s'effondra aux paroles du dragon, et une terreur glaciale s'installa au creux de son estomac. La révélation pesait lourdement dans l'air, déclenchant une vague de murmures et de hoquets à travers la foule. Le pouls de Kai battait dans ses oreilles, son esprit luttant pour comprendre les paroles du dragon.

— C'est impossible, déclara Maître Satoshi, sa voix portant son autorité malgré une lueur d'incertitude dans son regard. Le lien est prédéterminé par les rites anciens. Il ne peut y avoir d'erreur.

Le dragon souffla, des bouffées de fumée s'échappant de ses narines tandis qu'il observait Kai avec une intensité qui la faisait se sentir exposée, vulnérable. Elle perçut une onde de malaise parcourir les Assermentés derrière elle, leurs chuchotements se fondant en un bourdonnement dissonant qui résonnait dans ses os. Elle jeta un coup d'œil à Maître Satoshi, cherchant un signe de réconfort ou d'explication dans son expression, mais ses traits demeuraient stoïques et illisibles.

— Je suis Kai Lin, dit-elle, ses mots sonnant faibles même à ses propres oreilles. Fille de Ryoko Lin et Sho Lin. Ma mère a reçu le Signe quand j'étais dans son ventre. Je suis votre cavalière.

*Tu ne l'es pas.*

Avant que quiconque puisse parler davantage, une silhouette émergea de la périphérie de la cour. Vêtue de robes sombres qui ondulaient autour d'elle comme des ombres prenant forme, la nouvelle venue s'avança résolument vers l'estrade où se trouvaient Kai et le dragon. Une capuche dissimulait ses traits, jetant un voile de mystère sur son identité à mesure qu'elle approchait, mais Kai aperçut des yeux d'un bleu glacial. La présence de l'étrangère dégageait une aura surnaturelle, une impression de puissance qui commandait l'attention.

Lorsque l'étrangère atteignit le pied de l'estrade, elle leva une main et repoussa sa capuche, révélant un visage à la fois familier et étranger pour Kai. C'était un visage qu'elle avait vu d'innombrables fois dans le miroir... le sien.

Confusion et incrédulité se livraient bataille en Kai tandis qu'elle tentait de donner un sens à ce qu'elle voyait. Était-ce un esprit sombre se déguisant en elle ? Ou était-elle tombée sous une sorte de malédiction ? La femme, qui semblait être elle sans l'être tout à fait, tendit sa main vers le dragon gris. Il frotta affectueusement son museau contre elle.

Le regard de la femme balaya l'assemblée, s'arrêtant sur Maître Satoshi. — Le lien entre dragon et cavalier n'est pas toujours aussi simple que la tradition le dicte.

— Qui êtes-vous pour interrompre la cérémonie sacrée ?

L'ombre d'un sourire étira les lèvres de la femme. — Je suis Akuhara Lin, fille de Ryoko Lin et Sho Lin, et je suis venue réclamer mon dragon.

Un silence stupéfait s'abattit sur la cour. Les sourcils de Maître Satoshi se plissèrent d'incrédulité.

— Impossible, murmura Kai. Une vague d'émotions contradictoires la traversa - confusion, colère et une peur profondément ancrée. Comment cette femme pouvait-elle prétendre partager son sang et sa lignée ? Était-ce une ruse élaborée, une tromperie tissée avec de la magie noire pour perturber le rituel ? Et pourtant, le dragon lui-même avait dit que Kai n'était pas sa cavalière.

— Expliquez-vous, exigea Maître Satoshi, regardant tour à tour Akuhara et Kai.

*Elle dit vrai,* gronda le dragon gris. *Akuhara est ma cavalière.*

Akuhara grimpa sur le dos du dragon, une expression suffisante sur son visage. Maître Satoshi resta immobile, visiblement confus. Finalement, il regarda Kai, la colère brûlant dans ses yeux.

— Avez-vous menti sur le fait d'être Choisie ?

— Non ! Je ne déshonorerais jamais ma personne ou ma famille.

— Emmenez-la au donjon, ordonna-t-il. Son sort sera décidé après la cérémonie. — Il se tourna vers Akuhara. — Vous devez prononcer les Serments.

Liu vint se placer près de Kai et saisit son bras d'une poigne ferme. Elle le regarda d'un air suppliant, mais il refusait de croiser son regard.

— Ce n'est pas nécessaire, répondit Akuhara. Je ne me bats pas pour l'empire.

Maître Satoshi balbutia. — Les cavaliers servent uniquement l'empire. Si vous ne vous battez pas pour l'empire, pour qui vous battez-vous ?

Akuhara rit brièvement, puis son expression devint sérieuse. — Je me bats pour les Drakka.

Des chuchotements horrifiés éclatèrent parmi la foule des spectateurs. Les soldats dégainèrent leurs épées et Maître Satoshi serra la mâchoire. — Blasphème !

Un cor retentit, suivi par le tintement du beffroi. Le silence de la cour se transforma en chaos tandis que la panique se répandait dans la foule comme une traînée de poudre. Les Assermentés se tournèrent vers Maître Satoshi pour obtenir des directives.

— Vous serez tous témoins, cria Akuhara. L'empire brûlera !

Sur ces mots, le dragon gris s'élança dans le ciel. Les gens se précipitèrent dans toutes les directions, des cris de peur et d'incrédulité se mêlant au tintement sinistre du beffroi. Kai se retrouva figée sur place, l'esprit en déroute. Ses parents auraient les réponses. Ils pourraient expliquer à Maître Satoshi que tout cela n'était qu'une erreur. Les Assermentés traqueraient cette sosie, et Kai récupérerait son dragon.

— Viens avec moi, dit Liu, la guidant à travers le tumulte vers le château.

— Mes parents. Ils étaient dans la foule. Ils peuvent...

— C'est le cadet de nos soucis pour l'instant. N'as-tu pas entendu la cloche ? Nous sommes attaqués.

Kai regarda par-dessus son épaule, essayant d'apercevoir ses parents. Ils n'étaient nulle part en vue. Elle pria pour qu'ils soient en sécurité et se laissa conduire par Liu. Maître Satoshi, suivi des nouveaux Assermentés, les suivit à l'intérieur du château.

— Une fois les dragons sellés, vous fuirez tous vers Dangju, dit-il. J'ai envoyé un message il y a quelques jours les informant de votre arrivée. Vous vous entraînerez là-bas et reviendrez ici une fois terminé. Ne vous arrêtez pas après avoir quitté ces murs. Allez directement à Dangju.

— Oui, Maître, dirent-ils à l'unisson.

— Quant à vous, continua-t-il en regardant Kai, j'exige des explications sur votre tromperie.

— Je n'ai trompé personne, répondit-elle. Mes parents sont ici. Vous pouvez leur demander, et ils vous diront la même chose.

Maître Satoshi regarda Liu. — Allez les chercher.

Liu s'inclina rapidement et s'éloigna en hâte.

— Ne pouvons-nous pas rester et combattre ? demanda Siran. Je m'entraîne à l'épée depuis presque toute ma vie. Il n'y a rien que quiconque puisse m'apprendre à Dangju.

— Être cavalier est bien plus que manier une lame, répondit Maître Satoshi. Vous devez apprendre à connaître votre lien et comment le renforcer. Vous irez à Dangju comme je l'ai ordonné.

Siran baissa la tête en signe de soumission, mais Kai savait qu'elle n'était pas satisfaite. C'était une guerrière, et les guerriers ne fuient pas le combat. Maître Satoshi reporta son attention sur Kai. Son accusation planait sur elle comme un nuage sombre, mais elle avait dit la vérité. Elle serra les poings, luttant contre l'envie de réagir avec frustration face à cette injustice.

Liu revint accompagné de ses parents. Des larmes coulaient sur le visage de sa mère, et son père était pâle comme s'il allait être malade.

— Le destin de Kai ne tient qu'à un fil, leur dit Maître Satoshi. Parlez-moi honnêtement et elle pourra encore être épargnée. Avez-vous reçu le Signe ?

Ryoko acquiesça. — Oui.

— Décrivez-le-moi.

— Lors de la Liaison, j'ai posé mes mains sur plusieurs œufs et n'ai rien ressenti. Quand j'ai touché le dernier, une chaleur s'est répandue dans mon ventre, et j'ai senti un coup. L'Inquisiteur présent l'a confirmé.

— Et vous ne connaissez pas cette Akuhara ?

— Je n'en suis... pas certaine.

— Que voulez-vous dire ?

Ryoko étouffa un sanglot. — J'ai porté deux enfants dans mon ventre, mais l'un était mort-né.

Maître Satoshi fronça les sourcils. — Vous avez eu un premier-né qui est mort à la naissance ?

— Non. J'ai donné naissance à des jumeaux.

# 12

Kai eut l'impression de recevoir un coup de poing dans la poitrine. Des jumelles ? Sa mère n'avait jamais rien mentionné de tel.

— Je suis désolée, dit Ryoko en la regardant. J'aurais dû te le dire.

— Cela ne répond pas à ma question, gronda Maître Satoshi. Quel rapport y a-t-il avec un bébé mort-né ?

— Vous avez vu la ressemblance, comme nous tous, répondit Sho. Elle ressemblait exactement à Kai. Ma femme pense... nous pensons que ça pourrait être elle.

Maître Satoshi se frotta le visage avec ses mains.

— Vous avez dit vous-même que le bébé était mort-né. Comment Akuhara pourrait-elle être votre enfant ?

— Je sais comment cela sonne, mon seigneur, même à mes propres oreilles, dit

Ryoko. Et pourtant, elle est le reflet de Kai. C'est elle. Je le sais.

— Comment le savez-vous ?

— L'intuition d'une mère.

— A-t-elle été confiée à un guérisseur ? demanda Maître Satoshi.

— Les Drakka ont attaqué notre ville, et j'ai commencé le travail, dit Ryoko, le regard lointain tandis qu'elle racontait ce moment terrifiant. Kai pouvait voir qu'elle revivait tout cela dans son esprit. Un dragon a été frappé dans le ciel au-dessus de nous... Elle fit une pause, et Sho lui serra la main pour la rassurer. Son sang m'a éclaboussée. Nous étions presque arrivés à la calèche, mais la douleur était trop forte.

Les sanglots de Ryoko résonnèrent dans toute la salle tandis qu'elle couvrait son visage de ses mains. Kai sentit un pincement au cœur en voyant sa mère pleurer. Ses propres yeux se remplirent de larmes, et l'une d'elles s'échappa, glissant sur sa joue.

— La première est venue facilement, mais quelque chose n'allait pas, continua Sho à sa place. Elle était pâle et ne respirait pas. Nous avons fait tout ce que nous pouvions, mais... elle était sans vie. Puis Kai est née, et nous avons dû fuir. Les Drakka étaient partout.

— Ils me l'ont prise, dit Ryoko en frissonnant. J'aurais dû me battre pour récupérer son corps, mais je ne pouvais pas risquer toutes nos vies pour... pour...

— Un cadavre, proposa doucement Maître Satoshi. Je comprends.

— Nous l'avons laissée derrière, murmura Ryoko, le visage hanté. Nous l'avons laissée derrière.

Kai imagina toute la scène dans son esprit. Elle ne blâmait pas sa mère d'avoir abandonné un enfant. Comme l'avait dit Maître Satoshi, c'était une cause perdue, et il aurait été insensé de mettre en danger les vivants pour les morts.

— Elle est l'Élue du Sang, dit Jiro à son frère. Kai avait presque oublié que les Jurés étaient encore présents.

— Il y a beaucoup à considérer, dit Maître Satoshi, ignorant le commentaire de Jiro.

Le sol trembla alors qu'un fracas résonnait dans la cour. Maître Satoshi échangea un regard avec Liu, et le garde s'élança. Il revint un instant plus tard, le visage empourpré.

— Les murs ont été percés !

— Impossible, souffla Maître Satoshi. Allez à vos dragons, maintenant !

Les Jurés se précipitèrent vers la cour, tous sauf Siran. Elle resta clouée sur place.

Kai regarda tour à tour Maître Satoshi et ses parents. Sa mère pleurait toujours, mais elle semblait plus maîtresse d'elle-même maintenant.

— Mettez-vous en sécurité ici dans le château, leur dit Maître Satoshi. Se tournant vers Kai, il la fixa en silence, sa bouche tressaillant légèrement. Tu ne peux pas rester ici. Ce n'est pas sûr sans ton dragon.

— Je peux l'emmener à Tatenagawa, dit Liu.

*Le sanctuaire ?* Les sourcils de Kai se froncèrent de confusion.

— Mon seigneur ! Un soldat essoufflé traversa la salle en courant vers eux. Nous sommes encerclés ! Les Drakka... je n'en ai jamais vu autant !

—Vous ne ferez pas dix mètres au-delà du mur, dit sombrement Maître Satoshi.

— Pas à pied, répliqua Siran. Je l'emmènerai à Tatenagawa.

— Tu as tes ordres, Siran. Je ne les répéterai pas.

— Je l'emmènerai à Tatenagawa, puis j'irai à Dangju. Vous ne pouvez épargner personne d'autre, et même si vous le pouviez, les autres sont trop tendres. Je peux l'emmener.

— Elle est sous ma responsabilité, dit Liu. Je l'emmènerai.

— Vous n'avez pas de dragon, rétorqua Siran.

— Nous n'avons pas le temps pour ça, trancha Maître Satoshi. Ton dragon peut-il porter trois personnes ?

L'assurance de Siran vacilla.

— A-t-il le choix ?

Les bruits de bataille éclatèrent à l'extérieur – le fracas du métal, le rugissement des dragons, les cris des soldats.

— Allez-y, céda Maître Satoshi.

Kai serra fortement sa mère dans ses bras.

— Je te reverrai, promit-elle.

— Je suis désolée, murmura sa mère.

— Ne le sois pas. C'était douloureux pour toi d'en parler même maintenant. Je comprends. Elle libéra sa mère et se tourna vers son père. Il lui adressa un triste sourire.

— Que ta lame te serve bien, dit-il.

— Vous devez partir maintenant, pressa Maître Satoshi.

Kai serra rapidement son père dans ses bras, puis se précipita vers la cour, suivant Siran. Liu était à côté d'elle, son épée dégainée.

— Pourquoi allons-nous à Tatenagawa ? demanda Kai.

— Pour voir Kokoro, répondit Liu.

— Qui est-ce ?

— C'est un dragon ancien. Si quelqu'un peut discerner ce qui s'est passé ici, c'est elle.

Tous les trois traversèrent la cour jusqu'à l'endroit où le dragon de Siran attendait. Alors qu'ils approchaient, le sol trembla sous leurs pieds tandis qu'une partie du mur s'effondrait. L'air était chargé de l'odeur âcre de la fumée et des cris des soldats engagés dans le combat.

Siran grimpa sur le dos de son dragon, prenant la position la plus avancée. Kai regarda Liu, qui lui fit signe de passer ensuite. Elle s'exécuta, et Liu s'assit derrière elle. Seule Siran tenait dans la selle, laissant Kai et Liu assis sur les écailles rugueuses du dos du dragon.

— Accrochez-vous bien, dit Siran.

Kai obéit, enroulant ses bras fermement autour de la taille de Siran tandis que Liu s'accrochait à Kai. D'un bond puissant, le dragon s'élança dans le ciel, ses ailes battant rythmiquement alors qu'il montait de plus en plus haut. D'en haut, ils pouvaient voir toute l'ampleur de la bataille qui se déroulait en dessous. Les forces Drakka déferlaient contre les murs du château comme une marée implacable.

Le cœur de Kai battait la chamade tandis qu'ils planaient dans les airs. La sensation de vol était grisante, mais elle était ternie par les événements qui se déroulaient en dessous. Elle s'inquiétait pour ses parents. Ikje n'avait jamais été attaquée par les Drakka auparavant en raison de la force de ses défenses, mais alors qu'elle regardait la vague sombre de créatures submerger les murs, un frisson lui parcourut l'échine.

Elle détourna son regard de la bataille et adressa une prière à ses ancêtres.

# 13

Kai se concentra sur le paysage qui défilait sous eux, les champs et les forêts se fondant en un flou tandis qu'ils volaient vers Tatenagawa. Le vent fouettait son visage, ébouriffant sauvagement ses cheveux alors qu'ils fendaient l'air. Le dragon les transportait rapidement, glissant sans effort au-dessus du terrain en contrebas.

En approchant des terres sacrées de Tatenagawa, Kai s'émerveilla de la beauté naturelle des lieux. La verdure luxuriante, les étangs tranquilles et les arbres anciens rayonnaient de paix et de sérénité. Le dragon de Siran descendit, atterrissant sur les berges d'une rivière à son embouchure avec l'océan.

Kai mit pied à terre après Siran, suivie par Liu. Le sol semblait étrangement solide sous ses pieds après avoir été dans les airs. Un sentier sinueux bordé de statues menait à un bosquet de cerisiers en fleurs. L'air était rempli du doux murmure de la rivière et du parfum des fleurs qui s'épanouissaient. Un sentiment de révérence envahit Kai.

—Viens avec moi, dit Liu.

—Et Siran ?

—Elle a ses ordres de Maître Satoshi. Elle doit se rendre à Dangju.

—Si elle part, nous n'avons aucun moyen de revenir, dit Kai. Et si l'aînée ne peut pas nous aider ? Nous serons coincés ici.

—Nous pourrons voyager à pied s'il le faut.

Kai regarda Siran.

—Mon dragon a besoin de repos. Dès qu'il sera prêt, nous partirons. Si vous n'êtes pas revenus d'ici là, je vous reverrai à votre retour à Ikje.

Liu guida Kai à travers le bosquet. Des rayons de soleil filtraient à travers la canopée, dessinant des motifs sur le sol couvert de mousse. Kai remarqua de petits autels nichés entre les arbres et supposa qu'il s'agissait d'offrandes laissées par des visiteurs. L'atmosphère était paisible, et un léger parfum d'encens flottait dans l'air.

De l'autre côté du bosquet, une clairière s'ouvrait, révélant une grande structure. C'était un temple de conception ancienne, ses poutres de bois usées par le temps mais toujours solides et fières. L'entrée était flanquée de deux dragons de pierre qui semblaient garder le temple.

Liu poussa les lourdes portes en bois, et ils entrèrent dans un couloir faiblement éclairé orné de fresques complexes représentant des scènes de dragons s'élevant dans les cieux et de guerriers en plein combat. L'air était imprégné du parfum de bois de santal et de vieux parchemins. Ils marchèrent en silence, leurs pas résonnant sur le plancher de bois poli. Le couloir les conduisit à une vaste salle où une silhouette les attendait.

—Bienvenue, les salua une voix. La silhouette était drapée dans des robes fluides qui semblaient se déplacer et miroiter comme si elles étaient dotées d'une vie propre. C'était une femme âgée dont les yeux brillaient d'une sagesse ancienne. Ses cheveux étaient argentés, cascadant dans son dos comme une chute de clair de lune. Elle observa Kai et Liu avec un sourire entendu, comme si elle les avait attendus.

—Nous venons chercher les conseils de l'aînée, dit Liu.

Le sourire de la femme s'accentua tandis qu'elle les étudiait d'un regard perçant, ses yeux semblant voir à travers l'essence même de leur être. Elle hocha lentement la tête, reconnaissant les paroles de Liu.

—J'espérais que ce jour viendrait avant la fin de mon temps. Sa voix était mélodieuse, résonnant avec une puissance qui semblait faire vibrer l'air autour d'eux. Le vent murmure à ton sujet. Ses yeux étudièrent Kai. Celle qui est à la fois Élue et non Élue.

—Comme il l'a dit, nous sommes ici pour voir l'aînée, dit Kai. Nous accordera-t-elle une audience ?

La femme rit doucement. —Préférerais-tu que je prenne ma forme de dragon ? Tu ne pourrais pas me regarder si je le faisais. Les humains sont des créatures si fragiles, encore plus aujourd'hui qu'autrefois.

—Vous êtes Kokoro ? demanda Liu.

Kokoro acquiesça avec sagesse. —Je le suis.

—Nous avons besoin de votre aide, dit Kai. Ikje est assiégée par les Drakka.

—Ce n'est pas vraiment la raison de ta présence ici, n'est-ce pas ? Non, je ne pense pas. Le vent n'a pas menti.

Kai regarda Liu, qui lui offrit un léger signe de tête.

—Quelqu'un a volé mon dragon.

—Un dragon a son libre arbitre, répondit Kokoro. Si ton dragon est parti, c'était de sa propre volonté. Raconte-moi ce qui s'est passé.

Kai lui relata les événements de la Cérémonie des Serments, et comment son dragon avait déclaré qu'elle n'était pas sa cavalière. Elle hésita à partager la révélation de sa mère concernant la naissance de jumeaux, mais Liu la pressa, et elle raconta tout à l'aînée, y compris le fait que sa mère avait été trempée de sang de dragon. Kokoro écoutait attentivement, son expression indéchiffrable tandis qu'elle absorbait le récit. Quand Kai eut fini de parler, seul le silence régnait dans la salle. Kokoro ferma brièvement les yeux, comme si elle écoutait une force invisible, avant de les rouvrir.

—Les fils du monde sont enchevêtrés, et le chemin à venir est enveloppé d'obscurité, répondit Kokoro de façon énigmatique. L'équilibre qui existait depuis longtemps se défait. Que sais-tu de l'Accord ?

Kai secoua la tête. —Je n'en ai jamais entendu parler.

—Et toi ? demanda Kokoro à Liu.

—Ce ne m'est pas familier.

—Cela ne me surprend pas. La mémoire de l'humanité est courte. Savez-vous comment le lien est né, ou d'où viennent les Drakka ?

Kai et Liu échangèrent des regards confus. Ils secouèrent la tête à l'unisson, ce qui incita Kokoro à laisser échapper un léger soupir.

—L'Accord est un pacte ancien forgé entre dragons et humains il y a des siècles. Il a lié nos destins, assurant l'équilibre et l'harmonie dans le monde.

—Que voulez-vous dire ? demanda Kai. N'avons-nous pas toujours été liés les uns aux autres ?

—Avant l'Accord, nos races étaient ennemies. Je suis assez vieille pour me souvenir de ces jours. Kokoro fronça les sourcils. C'était une période sombre. Les humains sont une espèce faible, mais ils nous surpassaient en nombre. Nous avons appelé à une trêve et invité l'empereur à nous parler.

Kai trouvait difficile d'imaginer être ennemie d'un dragon. Ils incarnaient la force et la puissance. L'idée que dragons et humains se tiennent de part et d'autre d'un champ de bataille semblait plus proche d'un conte fantaisiste que d'une leçon d'histoire.

—L'empereur de l'époque était un homme sage, poursuivit Kokoro, sa voix empreinte d'un sentiment que Kai n'arrivait pas tout à fait à identifier. Il a vu l'intérêt de forger une alliance plutôt que de faire la guerre, mais le prix de sa demande était élevé. Il estimait que les dragons étaient trop puissants, et nous avons été forcés de sacrifier une grande partie de notre force. En conséquence, les dragons sont devenus plus petits et moins redoutables.

Kai écoutait attentivement, son esprit tentant de saisir les implications de ce que Kokoro révélait. Le tissu même de leur histoire se modifiait, dévoilant des secrets longtemps enfouis dans les sables du temps.

—Je n'arrive pas à imaginer des dragons plus grands qu'ils ne le sont maintenant, dit-elle.

—Je pourrais te montrer, mais je crains que ma transformation ne brûle les yeux de ton crâne.

—Et les Drakka ? Les dragons et les humains ne les combattaient-ils pas aussi ?

—Les Drakka n'existaient pas, répondit Kokoro. L'Accord a changé le monde, nous liant à vous d'une manière plus profonde que vous ne pouvez le concevoir. Certains de mes frères s'y sont opposés, rejetant l'idée d'être diminués, de se plier à la volonté humaine. Les yeux de l'aînée brillèrent de chagrin.

—Les Drakka sont les vestiges de mes frères qui ont refusé de se conformer aux termes de l'Accord. Notre pouvoir étant diminué, il devait aller quelque part. Il les a remplis jusqu'à ce qu'ils soient corrompus, devenant quelque chose de complètement différent. Il doit toujours y avoir un équilibre dans le monde, et les Drakka sont le résultat de l'équilibre qui se rétablit.

Kai avait du mal à croire ce qu'elle entendait. —Les Drakka sont des dragons ? Ils ne ressemblent pas du tout à des dragons.

—Ils l'étaient autrefois, mais comme je l'ai dit, ils ont été corrompus. Maintenant ce sont des créatures vouées à la dévastation. Mais cette connaissance nous ramène à toi.

—Moi ?

—Sais-tu ce qui est écrit dans les parchemins anciens ?

Kai secoua la tête. —Je ne suis pas celle dont ils parlent. Je n'ai jamais touché le sang d'un dragon.

—Peut-être pas, mais il t'a touchée. Ta mère te l'a confirmé.

Kai ouvrit la bouche pour argumenter mais alors que la réalisation s'installait en elle, les mots moururent dans sa gorge. Le poids des paroles de Kokoro s'abattit sur Kai comme une vague écrasante, serrant sa poitrine. La révélation qu'elle était d'une façon ou d'une autre mêlée à des pactes et des prophéties anciennes la laissait étourdie. Elle jeta un coup d'œil à Liu, cherchant une présence rassurante dans le tourbillon chaotique de ses pensées. Son expression reflétait la sienne : choc, peur, et des émotions qu'elle n'arrivait pas à nommer.

Le regard de Kokoro s'attarda sur Kai, l'argent dans ses cheveux captant la lumière de la salle comme des fils de clair de lune tissés dans son être.

—Jamais un dragon ne s'est lié à plus d'un humain à la fois, et pourtant celui qui t'a choisie, toi et ta sœur, l'a fait. Il semble que le lien de ta jumelle avec lui soit plus fort que le tien, mais tu restes une Élue. La prophétie a longtemps été un sujet de discorde parmi les humains. Certains y voient un présage de malheur, tandis que d'autres y voient leur salut.

—Qu'est-ce que c'est ? demanda Kai, effrayée de connaître la réponse.

—C'est les deux.

—Je ne comprends pas. Comment quelque chose peut-il être à la fois mauvais et bon ?

—Toi et ta jumelle êtes les deux faces d'une même pièce. L'une embrasse les ténèbres tandis que l'autre brille dans la lumière. La prophétie n'est ni d'un côté ni de l'autre, c'est la combinaison des deux.

Kai réfléchit aux paroles de l'aînée. Quelque chose que sa mère avait dit lui revint. —Pourquoi les Drakka ont-ils pris ma sœur ? Ces mots semblaient étranges dans sa bouche. On lui avait fait croire qu'elle était fille unique toute sa vie. —Mes parents pensaient qu'elle était morte. Pourquoi les Drakka prendraient-ils un cadavre ?

—Les Drakka connaissent la prophétie, répondit Kokoro. Au fond, ce sont des dragons, et c'est un dragon qui a écrit ces mots. Quand ils ont vu ta mère couverte de sang de dragon, ils ont su que les paroles anciennes s'étaient réalisées.

—Mais les Drakka sont des créatures sans esprit, protesta Kai. Ils ne pourraient pas savoir cela.

Kokoro rit. —Est-ce ce que les humains se racontent de nos jours ? Les Drakka sont désorganisés, je te l'accorde. La discorde est leur nature même, ce qui signifie qu'ils ne travaillent pas ensemble, mais si quelqu'un parvenait à les unir...

—Ma sœur, murmura Kai.

—Oui. Les Drakka ont dû l'élever comme l'une des leurs, et maintenant elle les dirige. C'est la seule explication à ce que tu décris se passer à Ikje. Elle est le côté sombre de la pièce.

—Et on s'attend à ce que je sois le côté lumineux ?

—Je n'attends pas que tu sois quoi que ce soit, dit Kokoro. Mais tu devras faire un choix. L'équilibre qui existait depuis longtemps se défait, et il se corrigera d'une manière ou d'une autre.

—Comment puis-je faire quoi que ce soit quand je ne contrôle pas le lien ? Le dragon a lui-même dit qu'Akuhara était sa cavalière. Et puisque je suis aussi liée au dragon, elle peut probablement entendre mes pensées même maintenant.

—Peut-être, bien que je ne pense pas que le lien fonctionne de cette façon. Il est impossible de le savoir puisque cela ne s'est jamais produit auparavant, mais peu importe.

—Pourquoi ?

—Parce que tu peux rompre ta connexion avec lui et forger un nouveau lien.

14

Kai dévisagea Kokoro, les sourcils froncés.

—Je croyais qu'une fois le lien formé, seule la mort pouvait y mettre fin ?

—C'est généralement ainsi qu'un lien se termine, mais selon l'Accord, un humain se réserve le droit de le rompre.

—Que se passe-t-il lorsque le lien est rompu ?

—Le lien se brise, et vous ressentirez tous les deux de la douleur, vous et le dragon. Comme vous n'êtes pas aussi connectée à lui que votre jumeau, je pense que la douleur serait moindre. Vous seriez alors libre de vous lier à un nouveau dragon.

—Comment pourrais-je me lier à un nouveau dragon ? Le Lien se produit lorsque nous ne sommes pas encore nés.

—Le dragon auquel vous vous lieriez est... unique. Elle n'est pas éclose, mais elle est

111

prête depuis longtemps à entrer dans le monde.

Le choix qui s'offrait à elle pesait lourdement sur ses épaules. La révélation qu'elle pouvait rompre son lien et en forger un nouveau avec un dragon non éclos la laissait à la fois pleine d'espoir et terrifiée.

—Que devrais-je faire pour rompre le lien ?

—Ce n'est pas une tâche facile, répondit Kokoro. Rompre un lien avec un dragon exige un grand sacrifice. Vous devez être prête à abandonner une partie de vous-même, à laisser partir quelque chose qui vous est précieux.

L'esprit de Kai s'emballait tandis qu'elle essayait d'imaginer ce qu'elle pourrait possiblement offrir. Qu'est-ce qui était si important pour elle que s'en débarrasser constituerait un sacrifice ? Même en se posant cette question, au fond d'elle-même, elle savait. Elle regarda Liu, qui se tenait là en silence. Elle voulait lui demander conseil, mais il ne pourrait jamais comprendre ce qu'impliquait son choix. L'image de ses parents lui vint à l'esprit, et elle sut que même si sa décision ne sauvait qu'eux, cela en vaudrait le prix.

—Je vais le faire, dit-elle, d'une voix ferme malgré les émotions qui bouillonnaient en elle.

—Vous avez un cœur brave, Kai. Vous devez vous rendre sur le sol sacré où l'Accord a été conclu. Là, vous trouverez l'œuf et vous soumettrez au Rituel de Rupture.

—Où puis-je trouver cet endroit ?

—Ce n'est pas loin d'ici, répondit Kokoro. Je vous y conduirai.

—Je viendrai avec toi, dit Liu. Jusqu'à ce qu'elle soit Assermentée, elle est sous ma protection.

—Très bien.

—Nous devrions prévenir Siran au cas où elle nous attendrait. Kai jeta un coup d'œil à Liu, s'attendant à ce qu'il soit agacé que la femme ne suive pas ses ordres.

—Elle est partie, dit Kokoro.

—Comment le savez-vous ?

—J'ai senti la présence de son dragon quitter la région.

—Oh. Kai était déçue, mais elle ne savait pas pourquoi. Siran avait sa propre voie à suivre. Peut-être était-ce parce qu'elle était ce qui se rapprochait le plus d'une amie que Kai ait jamais eue.

—Avant de partir, nous mangerons. Le voyage n'est pas long, mais il est ardu et vous aurez besoin de toutes vos forces pour le rituel.

Kokoro leur offrit un délicieux repas de lapin rôti, de patates douces et d'une tisane à la fois apaisante et revigorante. Pendant qu'ils mangeaient, Kokoro parla de l'Accord. Plus Kai en apprenait, plus elle réalisait qu'il y avait beaucoup de choses qu'elle ignorait. Cela la poussait aussi à se demander pourquoi personne ne leur avait enseigné l'Accord ou son histoire. Kai réfléchit aux paroles de Kokoro concernant la brièveté de la mémoire humaine, mais elle ne pouvait s'empêcher de penser qu'il y avait plus que cela.

Une fois leur repas terminé, Kokoro les conduisit hors du temple et à travers le bosquet, se dirigeant vers le sud-est où les montagnes se profilaient. Comme elle les avait prévenus, le paysage était difficile à traverser. Le sentier était rocailleux et inégal, et la forêt dense qui les entourait semblait les presser de tous côtés. L'air était imprégné de l'odeur de feuilles humides et de terre, et le bruissement occasionnel de petits animaux qui s'enfuyaient révélait leur présence.

Kai se concentrait sur chaque pas, son esprit tournoyant avec des pensées du rituel à venir. Ils marchèrent pendant plusieurs heures jusqu'à ce qu'enfin, ils atteignent une clairière à la base des montagnes, entourée d'arbres anciens et imposants qui semblaient s'étirer vers le ciel, leurs branches entrelacées comme une cathédrale naturelle. L'entrée sombre d'une grotte se dressait, menaçante, devant eux.

—C'est ici, dit doucement Kokoro, comme si sa voix pouvait troubler la sainteté du lieu.

Kai déglutit avec difficulté, ressentant un étrange mélange d'appréhension et d'anticipation.

—Tu es sûre de toi ? demanda Liu, l'inquiétude évidente dans sa voix.

L'était-elle ? Non, pas vraiment, mais cela n'avait pas d'importance. Ils étaient venus jusqu'ici, et ce ne serait pas correct de faire demi-tour maintenant. Elle hocha la tête.

—Venez, les invita Kokoro.

En entrant dans la grotte, l'air devint plus frais. L'obscurité les engloutit brièvement avant que Kokoro ne prononce un mot que Kai ne connaissait pas, et des torches sur les murs s'allumèrent. Elle les conduisit plus profondément dans la grotte, passant devant d'étranges symboles gravés sur les parois. Le plafond s'abaissait progressivement, les forçant à se courber en marchant, et le sol était recouvert d'une épaisse couche de feuilles.

—Le temps a changé ce tunnel, dit Kokoro. Il était autrefois plus accueillant.

Malgré la lumière des torches, l'obscurité semblait tirer sur Kai, et elle serra la poignée de son épée pour se réconforter, son cœur battant la chamade. La grotte s'incurvait vers l'intérieur, tournant et se tordant comme un labyrinthe. Kokoro les conduisit encore plus profondément jusqu'à ce que le tunnel s'ouvre sur une vaste chambre, creusée dans le cœur de la montagne.

Au centre se trouvait un œuf massif, sa surface d'une profonde teinte dorée avec des marques iridescentes qui scintillaient comme des étoiles contre la noirceur de la chambre. Kai en eut le souffle coupé. C'était la chose la plus belle qu'elle ait jamais vue. Elle ne pouvait détacher son regard, et elle pouvait sentir la vie dormante qui pulsait de l'œuf. En s'approchant, Kai réalisa que l'œuf les dominait tous. Il semblait trop grand pour appartenir à un dragon. Elle jeta un coup d'œil à Liu, mais son attention était captivée par l'œuf doré.

—Il est si grand, murmura Kai.

—Comme je l'ai dit, ce dragon est unique. Maintenant, pour rompre votre lien, vous placerez vos mains sur l'œuf et visualiserez votre ki. Trouvez la connexion qui en découle vers votre dragon et coupez-la en utilisant votre sacrifice comme lame.

Kai acquiesça et s'approcha silencieusement de l'œuf. L'énergie qui en émanait s'agita, et elle put sentir quelque chose effleurer son esprit. Était-ce ce que sa mère avait ressenti pendant le Lien ? Elle repoussa cette pensée et posa ses mains sur l'œuf. La surface était lisse et dégageait de la chaleur.

Fermant les yeux, elle se concentra sur son ki. Dans son esprit, elle trouva le lien et se le représenta comme un fil lumineux la reliant au dragon gris. Prenant une profonde inspiration, elle rassembla son courage. Elle n'avait jamais voulu être Choisie. Au contraire, elle avait aspiré à une vie simple, remplie d'enfants bien à elle. Les larmes lui piquèrent les yeux tandis qu'elle imaginait sa maternité comme une lame et la plaça contre le fil. Se raffermissant, elle coupa le lien.

Une douleur fulgurante la traversa, lui arrachant un cri et lui faisant perdre l'équilibre. Liu s'avança rapidement pour la soutenir, mais Kokoro lui fit signe de rester en arrière.

— Elle doit endurer cela seule, dit-elle.

Serrant les dents, Kai surmonta la douleur, se concentrant pour couper le lien proprement et complètement. L'œuf doré sous ses mains commença à résonner avec ses efforts, sa surface pulsant d'une douce lumière. Avec un dernier élan de volonté, Kai sentit la connexion se rompre, provoquant une vague d'agonie qui se propagea dans tout son être.

Ses jambes menaçaient de céder, mais elle s'accrochait obstinément à sa résolution, l'obscurité au bord de sa vision presque à portée de main. À travers la tempête de douleur, elle sentit l'œuf commencer à frémir. Alors que la douleur s'estompait, Kai recommença à respirer, ses mains tremblant contre l'œuf. Elle avait réussi. Le lien était rompu.

— Maintenant, forge le nouveau lien, l'encouragea Kokoro.

Kai prit une profonde inspiration, son cœur battant dans sa poitrine. Elle savait ce qu'elle devait faire, mais elle ne pouvait se défaire de ce sentiment de perte.

— Comment dois-je... ? commença-t-elle, mais Kokoro l'interrompit.

— Ressens la connexion qui pulse entre toi et l'œuf. Imagine-la comme un flot d'énergie vivante, circulant de toi à l'œuf et inversement. Ton ki est essentiel pour forger le lien.

Kai ressentit l'énergie dont parlait Kokoro. Elle ferma les yeux et se concentra, visualisant son ki. Elle tendit la main avec, le sentant couler vers l'œuf. La connexion prit forme, un fil doré reliant leurs deux êtres.

L'œuf répondit à ses efforts, émettant un doux bourdonnement qui semblait résonner jusqu'au plus profond de son âme. Kai pouvait sentir une présence s'éveiller à l'intérieur de la coquille dorée, une conscience prenant vie. C'était différent de tout ce qu'elle avait jamais éprouvé, une fusion d'esprits qui transcendait les mots ou les pensées.

Dans ce moment d'unité, Kai sentit une vague d'émotions la submerger — joie, acceptation et un profond sentiment d'appartenance. Le fil doré scintilla et s'illumina, témoignant de la force de leur connexion. Une vague d'étourdissement la submergea, et tandis que sa vision s'assombrissait, elle pouvait entendre la voix de Liu, lointaine et résonnante.

15

Lorsque Kai ouvrit les paupières, elle se retrouva étendue au sol devant l'œuf. Elle se redressa et remarqua Liu et Kokoro qui la regardaient. Le visage de Liu était marqué par l'inquiétude, tandis que celui de Kokoro rayonnait de fierté.

—Le Lien est complet, déclara l'ancienne.

Kai regarda l'œuf. L'énergie qui pulsait de l'intérieur n'était plus en sommeil. Elle était active, et Kai pouvait sentir une présence dans son esprit, presque comme sa conscience, mais distincte d'elle.

—Quand va-t-il éclore ? demanda Kai.

Comme en réponse à sa question, un doux grondement résonna depuis l'œuf. Il s'intensifia jusqu'à ce que des fissures se propagent sur toute la surface, émettant une douce lumière dorée qui illumina la chambre d'un éclat éblouissant. Kai observa avec émerveillement le dragonneau émerger de l'œuf, ses écailles brillant comme de l'or en fusion. Il était aussi grand que ceux de la cérémonie.

Le dragon cligna de ses grands yeux bleu brillant et les fixa sur Kai avec une expression qui semblait révéler une sagesse bien au-delà de son âge. Il tendit son museau vers elle, frôlant sa main dans un geste de confiance et de camaraderie. Les larmes montèrent aux yeux de Kai alors qu'elle prenait conscience de la profondeur du lien qu'elle partageait désormais avec cette majestueuse créature. La présence du dragon dans son esprit semblait à la fois étrange et réconfortante, comme une voix familière qui lui parlait depuis un endroit au fond de son âme.

Kai tendit la main avec hésitation, passant ses doigts sur les écailles du dragonneau, sentant la chaleur qui irradiait de son corps. Il émit un petit gazouillis qui toucha Kai en plein cœur. Elle pouvait percevoir la curiosité et l'intelligence du dragon, et un flot d'images apparut dans son esprit ; elle comprit qu'il essayait de communiquer avec elle.

*Je suis Kai Lin,* dit-elle, envoyant les mots à travers leur lien.

D'autres images traversèrent son esprit, mais elle ne parvenait pas à déchiffrer leur signification.

—Elle ne peut pas parler ? demanda Kai en regardant Kokoro.

—Pas encore. Comme pour un humain, cela prend du temps pour grandir. Votre dragon mûrira plus vite que les autres dragons, et grâce à votre lien, vous l'aiderez à apprendre notre monde.

—Vous avez dit qu'elle était unique. Qu'est-ce que cela signifie ?

Kokoro jeta un coup d'œil à Liu, et Kai comprit qu'elle ne voulait pas répondre devant lui. —Tout ce que vous voulez me dire, vous pouvez le dire devant lui, dit Kai. Je lui fais confiance.

—Très bien. Votre dragon est différent parce qu'elle est une ancienne.

—Comme vous ?

—Oui.

—C'est interdit, dit Liu.

—Je sais. J'étais présente lorsque l'Accord a été rédigé.

—Alors pourquoi avez-vous permis cela ?

—Il y a d'innombrables raisons, mais je vais vous dire la plus importante. Le comportement de Kokoro devint solennel. — Je suis la dernière survivante de mon espèce.

Enfin, plus maintenant, dit-elle en désignant le dragon doré. Mais mes jours sont comptés. Je consacrerai le reste de ma vie à vous former tous les deux. Quand je ne serai plus là, votre dragon sera la dernière ancienne. Ce sera sa responsabilité de veiller à la survie de notre espèce.

—Vous m'avez utilisée ? Le visage de Kai s'empourpra, à la fois de surprise et de colère. Son dragon gronda, reflétant ses émotions.

—Non. Les dragons n'emploient pas de telles tactiques. Votre sœur et vous êtes celles dont parle la prophétie, mais cette prophétie n'est pas pour les humains... elle est pour les dragons. L'Accord nous a pris notre pouvoir, mais vous nous le rendrez.

Prenant une profonde inspiration pour se calmer, Kai tendit la main et caressa doucement les écailles du dragon. Le lien entre eux pulsait d'une énergie nouvelle, une connexion qui semblait se renforcer à chaque instant. Malgré les circonstances entourant leur union, Kai avait le sentiment profond qu'elle était destinée à suivre cette voie. Qu'elle le veuille ou non était une tout autre question.

Le destin l'avait appelée, cela ne faisait aucun doute, et elle ne pouvait nier le sentiment de but qui s'agitait en elle. En plongeant son regard dans les yeux bleus et sages de son compagnon dragon, elle savait que leurs destins étaient liés d'une manière qu'elle commençait seulement à comprendre. Elle se redressa, la détermination brillant dans son regard.

—Je ne peux pas garantir que j'accomplirai cette prophétie, si je suis vraiment celle dont elle parle, mais je ferai tout ce qui est en mon pouvoir pour protéger mon dragon et nos deux espèces, dit Kai. Le dragon la regarda d'un air entendu, comme s'il comprenait le poids de ses paroles. Kokoro sourit, l'obscurité quittant son expression.

—Vous avez le cœur d'une véritable dragonnière. N'oubliez pas que le lien entre vous et votre dragon ne concerne pas seulement le devoir. Il s'agit de confiance, de compréhension et d'amour. Ces paroles flottant dans l'air, Kokoro se tourna vers Liu. —Vous n'avez plus besoin de la protéger. Elle est sous ma tutelle maintenant, et aucun mal ne lui sera fait.

—Je ne veux offenser personne, mais j'ai fait le serment de défendre l'Élue à laquelle je suis assigné jusqu'à mon dernier souffle ou jusqu'à ce qu'elle soit Assermentée. Si je ne respecte pas mon serment, mes paroles n'ont aucune valeur et je n'ai pas d'honneur.

—Votre honneur n'est pas en question, dit doucement Kokoro, sa voix pleine de compassion. —Mais parfois, le chemin que nous empruntons dévie de celui que nous nous sommes fixé. Le voyage de Kai n'est plus le vôtre à protéger. Elle a fait le premier pas vers l'accomplissement d'un destin plus grand que n'importe quel serment. Vous êtes le bienvenu pour rester ici pendant qu'elle s'entraîne, mais ils doivent développer leur lien dans la solitude, loin des regards indiscrets.

—Je comprends, répondit Liu. —Je ne m'immiscerai pas et ne gênerai pas son entraînement.

—Merci. Kokoro reporta son attention sur Kai. —Vous avez beaucoup à apprendre, et le temps presse. Votre dragon est une ancienne, et bien qu'elle porte en elle la sagesse de nos ancêtres, vous devez apprendre à communiquer avec elle, à comprendre ses pensées et ses sentiments. Ce ne sera pas facile, mais je vous guiderai tout au long du processus.

Kai acquiesça. Elle était prête pour les défis qui l'attendaient, prête à forger un lien comme le monde n'en avait jamais vu auparavant. Le dragon gazouilla doucement, poussant sa main de son museau comme pour approuver. Kai pouvait sentir le poids de la responsabilité se poser sur ses épaules, mais pour la première fois de sa vie, elle ne se sentait plus seule face à l'adversité.

—D'abord, dit Kai, tu as besoin d'un nom.


## L'AVENTURE CONTINUE AVEC
## ACOLYTE

# À PROPOS DE L'AUTEUR

Bonjour!

Je suis un auteur fantastique qui adore écrire sur les dragons. J'ai publié plus de 40 livres et j'ai l'intention d'en écrire bien d'autres.

J'espère que vous avez apprécié ce livre et merci de l'avoir lu.

Vous pouvez me suivre sur les réseaux sociaux pour me contacter directement sur https:www.facebook.com/dragonfirepress.